UM CARA QUALQUER

UM CARA QUALQUER

AMBER TAMBLYN

MU

UM

Eu estou em um corpo?

Nenhuma resposta do corpo.

Barulho de engolir. Um clique líquido.
Sinto uma língua.
Ou uma língua é sentida.
É a minha língua
ou a língua
de outro alguém.
Eu sou outro alguém.
Ou eu sou a língua
de outro alguém.

Não sou um eu.

Peço à língua que sou eu
ou à língua que está em uma boca
para contar.

Sobraram quantos dentes?

Ela não quer contar.

Por favor.

A língua ergue o seu tronco torcido, a partir das amídalas, arremessando-se para trás, como uma criança em um acidente de carro.

A escuridão é um corpo.
Eu estou em uma escuridão.
Ou eu estou em um corpo.
Um corpo de escuridão.

A língua inspeciona, sente os dentes como um punhado de pedrinhas soltas. São quase todos contabilizados. A língua cavouca uma abertura, toca o ar, passa dos lábios. Meus lábios. Talvez. A língua sente pele em um rosto.

O que é sentir?

Nenhum corpo responde.

Eu abro os meus olhos. O céu está de um branco-queijo-azul, com pontos de lápis-lazúli, matizado pelo destronamento da noite. Um pássaro do tamanho da memória de um pássaro atravessa como uma aranha caindo perpendicularmente. Alguém deu formatos errados às nuvens; espirrou vísceras na beleza da aurora. Tudo aponta para longe de si. Os crânios abandonados dos ninhos repousam sobre uma árvore próxima.

Uma mulher aproxima-se e observa-me de cima, sua expressão é o retrato do horror.

Ela consegue me ver?
Eu consigo ser visto?
Eu estou em um corpo?

Ela retira o cachecol grosso que está sobre os seus ombros e o coloca sobre mim. É inverno? Não há folhas nas árvores. Está frio lá fora?

O que é sentir

O calor do cachecol é a prova. Prova do sangue bombeando do meu viver. Meu viver.
Estou vivo. Em um corpo.

Dispara um gatilho e uma dor sísmica desperta. Um sofrimento lancinante ergue-se, como o sol se ergue, certo de que irá queimar. Cada centímetro meu treme.

Ela pega o telefone e liga rapidamente.
Eu rio. O meu fim faz cócegas.

"Parece que ele... Ai, meu Deus, por favor venham rápido..."

Eu não estou morto. Eu não estou morto. Eu estou em um corpo, em um chão, e é de manhã. É inverno ou eu sou inverno. Estou vivo, ao comando do teste de figurino da morte. Cinza interno. Eu movo a mandíbula e ela grita. Flexiono os dedos do pé e eles gritam. Contraio o ânus, um grito. Engulo um grito. As minhas pernas estão abertas, gritos. Eu respiro...

"Ele está em um beco atrás do Green Tavern..."

E o ar congelante grita. Cada costela se expande e deixa escapar um grito. Eu tento não respirar, o que faz o meu coração gritar. Eu opto, então, por pequenas respirações. O meu pescoço dolorido grita quando tento erguê-lo, isso faz as minhas costas gritarem. O meu corpo inteiro se abre.

O espaço entre os meus quadris não grita.
Silêncio.
Eu coloco a mão lá embaixo para sentir.
A minha mão sente, mas o que está sentindo
parece nada.

"Sim, ele ainda está respirando..."

Sim, eu ainda estou respirando.
Não, eu não estou vivendo.

Sim, eu consigo sentir as pernas.
Não, eu não consigo sentir os meus genitais.

Sim, eu consigo enxergar.
Não, eu não quero olhar.

Sim, Barack Obama.
Março, eu acho. Início de março. 2016.

Três dedos.
Donald Ellis.
Watertown. Nova York.
Sim, quarenta e sete anos.
Sim, mestrado em escrita criativa.
Poeta.
Não, não escrevo mais.
Sim, dou aula para crianças.
Não, eu não quis urinar enquanto estava deitado aqui.
Não, eu não quero ficar firme.
Sim, eu entendo que irei sobreviver a isso.
Não, eu não me lembro de um rosto.
Não, eu não sei como isso aconteceu.
Não, eu não quero chorar.
Sim, eu bebi algumas doses.
Sim, eu ainda consigo sentir as minhas pernas.
Não, eu ainda não consigo sentir os meus genitais.
Sim, eu consigo avistar a igreja pela janela da ambulância.
Não, eu não sei a que horas o cemitério fecha.
Não, não tinha muito espaço quando éramos crianças.
Não, não era culpa da minha mãe.
Sim, eu me sinto sozinho.
Sim, eu acredito em Deus.
Não, eu não quero rezar.

Sim, eu vi mesmo um espírito quando tinha dez anos.
Não, eu não me lembro de nenhuma letra de música agora.
Sim, está tudo pegando fogo.
Não, eu não quero que você coloque para fora.
Sim, os rostos de todos estão borrados.
Não, eu não terei fome novamente.
Sim, eu acho que o motorista está cantarolando algo que a minha avó costumava cantarolar.
Não, ela não me contou.
Sim, eu acho que é ela no carro atrás de nós.
Não, ela faleceu anos atrás.
Sim, eu entendo que perdi sangue.
Sim, eu entendo que vocês podem não conseguir salvar isso.
Não, por favor, não me dê detalhes.
Não, eu não quero falar com a imprensa.
Não, eu não tenho comentários.
Sim, eu entendo que ficarei bem.
Não, eu não quero acordar depois da cirurgia.
Sim, eu ainda estou respirando.
Não, eu não sou mais habitável.
Sim, eu sou professor de escola.
Sim, segundo ano.
Sim, sou casado.
Camilla.
Quinze anos.
Não, por favor, não ligue para ela. Não diga a ela.
Não, eu não quero que ela me veja assim.
Sim, dois. Amanda e Jake. Dez e sete.

Sim. Muito.
Sim, eu gostaria de chorar agora.
Sim, eu entendo.
Sim, eu estou com medo.
Sim, eu ainda estou sentindo dor.
Não, por favor, não conte a ninguém.
Não, eu não estou pronto.

Camilla está sentada na minha cama de hospital, manchada pela catástrofe repentina daquela noite, metade de seu cabelo preto caindo do coque feito às pressas na madrugada, a blusa, ao contrário e do avesso. Faz dois dias que ela não dorme, desde que lhe telefonaram para dizer que uma mulher havia me encontrado caído em um beco. Ela me conta que fui operado por horas, que se empenharam em me salvar, tentaram reconstruir, fazer o sangue circular ali, encontrar uma saída, usando medicina de ponta, até cirurgia plástica, enxerto de pele para recuperar, mesmo que eu nunca conseguisse usá-lo plenamente de novo. Ao menos estaria lá, de alguma forma, uma lembrança nostálgica. Ela afasta a cortina formada pela longa franja, colocando-a atrás das orelhas, e permite que o sofrimento apareça. Eles não conseguiram muito, ela diz. Afundamos nos oceanos um do outro, afogando-nos no silêncio compartilhado. Não há panfletos sobre isso, nenhum folheto que possamos ler juntos sobre como lidar com isso ou seguir em frente. Seus olhos verdes vertem água salgada quando ela me diz que não se importa com isso, que ela me amará de toda forma. Eu quero me inclinar e beijar as suas pálpebras, passar os dedões sobre a sua cremosidade e me lembrar de como é o toque da delicadeza. Ela segura a minha mão e diz que o jornal me chamou de "homem local". Ela quer saber se eu acredito em uma coisa dessas, como se eu não tivesse nome. Quando Camilla se zanga, os seus ombros movem-se para trás e para frente enquanto ela fala, como se fossem asas se abrindo. Sempre adorei isso nela. Às vezes eu a agarro pelos ombros e digo "Não saia voando, ferinha".

As crianças estão com a mãe dela. Ela achou que seria melhor vir sozinha para conseguirmos conversar. Tem um tal detetive Whirloch que quer falar comigo sobre a agressão sexual quando eu sair do hospital e for para casa. *Agressão sexual*, o meu cérebro repete para o meu coração.

Ela relaxa o cenho e beija as palmas das minhas mãos, esperando uma resposta. Uma pequena parte de mim se descasca e se joga da janela do sétimo andar. Além do óbvio, também fui tratado de hipotermia, esfolamentos e um pouco de perda sanguínea. Encontraram altos níveis de Rohypnol no meu corpo, ela me diz. Será que eu não consigo mesmo me lembrar de algo? *Rohypnol, amor. Rohypnol.*

Eu digo que me lembro de uma tempestade de mariposas brigando pela atenção da luz do poste. Lembro-me do piado insistente de um pássaro noturno. Digo a ela que me lembro de um joelho, sem pesos e liso, pressionando a minha garganta. Lembro-me de um fio elétrico alto cor de morango, uma capa cor-de-rosa dançando na minha cara.

Eu não digo a ela do que mais eu me lembrei.

Alguém acariciando o lóbulo da minha orelha com a língua. Uma mão abrindo o meu cinto. A última ereção que eu teria na vida. Tentando pará-la, depois tentando parar de pará-la. Cavalgadas de um balanço nauseante, aproximando-se e afastando-se da montanha-russa do meu corpo. A culpa pulsando por cada poro da minha consciência que se esvai.

Eu não digo a ela que tentei parar, porque não consigo lembrar se tentei. Não lhe digo nada sobre a aparência da pessoa, porque não sei bem. Não digo que gostei, porque não sei se isso é possível, tendo em vista o que aconteceu, mas, caso dissesse, ela deveria me largar. Eu não pergunto se ela vai me largar. Eu entenderia se ela largasse.

Eu quero tirar a minha mão da dela e nunca mais ser tocado. Quero arrancar todos os meus dedos como quem tira tampas de canetas e escreve com sangue no quarto todo. Quero que ela odeie o homem que pôde deixar isso acontecer com ele, que não sinta pena, que me diga que eu mereci isso. O toque dela é um espelho espatifado em todos os cantos da minha mente. O toque dela é um bobalhão carinhoso, equivocado. Quero desparafusar o braço inteiro que ela está tocando e entregá-lo a ela, deixe-a ficar só com isso – os meus dedos bons, retos, as minhas palmas calosas, os meus antebraços, os meus pulsos robustos, ilesos. Quero que ela leve o braço para casa e o faça de café da manhã no dia seguinte. Que o braço dê o laço nos cadarços da Amanda enquanto ela termina de empacotar o almoço do Jake. Dê a ele as chaves do carro e deixe-o levá-los à escola. Quero que ela mande mensagens sacanas para ele no intervalo de almoço. Que a faça sorrir e pensar apenas em luvas, devaneando sobre unhas bem-feitas. Quero que ela se deite na cama ao lado dele e acaricie o cotovelo. Passe os dedos pelas cutículas. Quero que ela apague as luzes e beije a boca das linhas na palma da mão dele, fácil e feliz. Durma ali ao lado dele, o pulso de conchinha com ela, o dedão pesado e firme sobre as suas costelas. O resto de mim sairá do quadro do nosso futuro. Irei para um lugar quente, preto e sem água, nunca tocando nada, até ela se esquecer do meu nome.

Bip.

Oi, amor, sou eu.

São umas seis e meia e já acabou a reunião de professores.

Juro que o diretor Sanders soltou o peido mais nojento e hediondo hoje, na reunião de corte de custos.

E eu estava sentado BEM ao lado dele! E não podia dizer nada.

Tive de vê-lo enfiar uma bandeja de queijo gouda na boca por duas horas, enquanto aquele peido ia me envolvendo como um, como um... Jesus, foi horrível.

Escuta, vou encontrar o Mark para uma cerveja

no Green Tavern,

e talvez jantar também, já que as crianças vão dormir fora, certo?

E eu sei que você vai chegar tarde por causa daquele chá de bebê, certo?

Disse "certo" duas vezes.

Bom, mande um oi para a Jessica.

Me ligue se tiver problema em ser assim.

Também posso ir pegar de manhã, se você quiser dormir até mais tarde. As crianças.

Posso buscar aqueles burritos de café da manhã que você sempre traz.

São do Joe's Café? E o Jake continua com aquela coisa de ser vegetariano?

Ok, meu Deus, esta mensagem está longa demais, podemos resolver de manhã.

Linda, por que você se casou comigo? Eu falo demais.

Te amo.

Tchau.

"Eu sou o Detetive Whirloch, mas você pode me chamar de Myles, ok?"

"Você gostaria que a sua mulher estivesse presente, Sr. Ellis?"

"Vou ter de fazer algumas perguntas difíceis, então, se a qualquer momento quiser parar, me diga e paramos, ok?"

"A minha prioridade é o seu bem-estar mental, entendido?"

"A que horas o senhor chegou ao Green Tavern na noite de 2 de março?"

"Estava sozinho ou com amigos antes de encontrar com o criminoso?"

"O senhor se importa de me dar o contato de seu amigo Mark?"

"O senhor conhecia outras pessoas que estavam no bar naquela noite?"

"Algum conhecido seu tem agido de forma estranha com o senhor ultimamente?"

"O senhor se lembra de como foi o primeiro contato com o criminoso?"

"O senhor se lembra de traços faciais dele?"

"Algo de específico, como a cor do cabelo ou sinais no corpo?"

"O senhor se lembra de algo que o criminoso tenha lhe dito antes ou depois da agressão?"

"O senhor às vezes pensa em como o criminoso deve estar se sentindo, Sr. Ellis?"

"O senhor não está com vergonha, Sr. Ellis?"

"O que o senhor fará se o criminoso for alguém conhecido?"

"O que o senhor dirá ao criminoso quando o vir no tribunal?"

"Acha que todos o olharão de um jeito diferente agora?"

"O senhor tem relógios em casa, e quantos relógios o senhor tem?"

"Eles já pararam todos ao mesmo tempo?"

"O senhor acha que dormirá bem nas próximas décadas?"

"O senhor acha que a culpa disso é sua, Sr. Ellis?"

"Acha, não acha, Sr. Ellis?"

"O que Camilla pensará do senhor?"

"Como o senhor contará aos seus filhos?"

"O senhor considera o suicídio assistido uma opção?"

"O senhor já ouviu falar dos pássaros kamikazes da Índia, Sr. Ellis?"

"O senhor sabia que os lagartos-de-chifres esguicham sangue pelos olhos?"

"O senhor pretende se recuperar totalmente?"

"Há palavra para o que o senhor está sentindo?"

"O que o seu pai pensaria do senhor se estivesse vivo?"

"O senhor vai chorar?"

"O senhor acredita no purgatório?"

"Já ouviu o uivo de lobos em um local onde não há lobos?"

"O senhor se lembra de quantos drinques alcoólicos bebeu naquela noite?"

"Que tipo de violência foi usada ou ameaçada pelo criminoso, caso o senhor saiba?"

"O senhor se lembra de resistir fisicamente em algum momento da agressão?"

"Consegue se lembrar de algo que tenha dito ao criminoso naquela noite?"

"O que o senhor pode me dizer sobre a cronologia dos atos sexuais realizados?"

"O senhor realizou atos sexuais, inclusive beijos, antes da agressão?"

"O senhor quer fazer uma pausa, Sr. Ellis?"

"Quer um pouco de água?"

"Quer o telefone de um centro de apoio aqui da cidade?"

"Quer referências de terapeutas que trabalhem com esse tipo de trauma?"

"Vamos retomar quando já estiver em casa, tudo bem para o senhor, Sr. Ellis?"

Camilla me empurra pelo corredor, em uma cadeira de rodas fedendo a Listerine de hospital, rumo ao elevador. Fica mais fácil assim, dizem-nos eles. Sentirei dor ao caminhar por algumas semanas. Não consigo erguer os olhos e cruzar com o olhar das enfermeiras, dos pacientes ou dos médicos pelo caminho. Posso senti-los. Sou uma relíquia danificada indo embora do museu. Vejo os sapatos deles. Couro envernizado. Sapatos iate. Plataformas, acho que posso chamá-las assim. Tênis. Até saltos altos. Todos aqueles pés melhores, mais felizes.

"O que você quer jantar, Don", pergunta Camilla. Falar de amenidades é uma forma tão boa quanto qualquer outra para dar início à minha sentença de morte.
"Carne? Lasanha?"
Toda comida é a última ceia.
"Peixe?"
Tudo leva à execução.

Eu quero o peixe, obrigado, e Camilla, querida, será que podemos dar uma passadinha no bar a caminho de casa? Acho que deixei o meu corpo lá

As portas do elevador se abrem e uma mulher com o marido sai de dentro, carregando flores e balões com a palavra "Melhoras!". Ao meu ver, ela para, engasga e detém o marido com um toque no peito dele.

"Desculpe... o senhor é... Donald Ellis?"

Não, minha senhora, mas sempre me perguntam isso.
A senhora deve ter me confundido com uma mesa de açougueiro.
Deve ter me confundido com um veado esfolado.
Deve ter me confundido com um covarde qualquer.
Donald já não está entre nós.
Donald morreu lendo um poema para um toureador.
Donald foi arranhado até a morte por um pavão.
Donald faleceu tentando fazer amor a duzentos metros de profundidade no oceano.
Donald partiu deste mundo cinzelando turquesas direto da rocha com as mãos.
Os dedos de Donald sangraram até a morte.
Donald engoliu cem fósforos e esfregou o corpo em um vulcão.
Morreu na hora.
Donald entrou em uma briga com a lua e morreu na hora.
Donald revelou o quanto era capaz de amar e morreu na hora.
Donald encontrou-se com um amigo para tomar uma cerveja após o trabalho e morreu na hora.
Donald tem de explicar aos seus filhos o que aconteceu e morrerá na hora.
Donald tocará na coxa de sua esposa e morrerá na hora.

"Só queria dizer que é horrível o que aconteceu com o senhor. Está passando o tempo todo nos noticiários, mas, bem, saiba que todos estão ao seu lado e enviando orações…"

Donald morre na hora.

"… desculpe perguntar, mas se importaria se eu tirasse uma *selfie* com o senhor?"

DOIS

DOIS

Um homem chamado Donald volta a uma casa com uma esposa após sete dias no hospital. Donald carrega em uma sacola plástica os objetos pessoais que lhe foram devolvidos ao receber alta. Donald entra em uma casa onde, dizem, ele mora há mais de uma década. Donald encontra pertences e jogos de crianças espalhados pela sala de estar, como se elas tivessem sido raptadas de repente, no meio de suas atividades. Donald não se lembra dos vasos de planta. Ele vê porta-retratos com fotografias de crianças e de uma esposa em todos os cantos da sala. Ele vê um quadro com o diploma de mestrado de um homem chamado Donald. Talvez Donald um dia tivesse sonhado se tornar um famoso romancista ou poeta. Agora, Donald não sonha nada. Porque ele é um ninguém. Donald vê um pedaço de pão caído no chão, ao lado da mesa da cozinha, vê que todas as luzes foram deixadas acesas, vê pincéis em um vidro com água turva de tinta. A casa mais se parece com o museu de uma vida do que com o lar de muitos anos de um homem chamado Donald. Donald não se lembra do homem chamado Donald que ele vê no espelho. Donald não se lembra da escada da casa, nem de aonde ela leva. Donald não se lembra de como respirar. Ele demora para subir a escada, contando degrau por degrau. Donald não se lembra do que vem depois do cinco. Donald parece se lembrar do sete, mas não tem certeza. Em um quarto, Donald não consegue identificar objetos pessoais. Donald abre a gaveta de meias, mas descobre que é, na verdade, a gaveta de blusas. Ele jura que aquela sempre foi a gaveta de meias. Ele tenta se sentar na cama, mas sentar dói, então ele fica em pé no meio do quarto que pertence a um homem chamado Donald. Ele coloca a sacola de objetos pessoais trazidos do hospital sobre uma cômoda ao lado e vê outro quadro com uma fotografia de crianças. Devem ser os filhos do homem chamado Donald, pois os viu na casa inteira. Donald nota uma figura sombria no fundo da foto. Uma criatura com uma boca selvagem, franzida. Um fantasma. O medo percorre o corpo de Donald, preocupado com a segurança das crianças na fotografia. Donald pisca e se dá conta de que é só Donald na foto com as crianças, não um fantasma. Donald tira a foto da moldura e olha de mais perto para ter certeza. Sim. É só um homem. Ainda assim, uma criatura. Ele coloca a fotografia sobre o piso de carpete do quarto. Donald tira uma carteira da sacola do hospital e a coloca no armário do banheiro. Donald tira o paletó da sacola e o solta da janela do segundo andar. Donald tira o relógio de pulso e o coloca no chuveiro. Donald está se instalando muito bem. O hospital não colocou as outras roupas de Donald na sacola, talvez porque agora sejam evidências. Agora, Donald é uma evidência. Donald tira os últimos objetos e os coloca no chão com a fotografia das crianças e da criatura. Donald entra em um *closet* repleto de pertences de um homem e começa a puxar todos os cintos. Há muitos deles. Donald coloca os cintos no chão, com os outros objetos; um ninho de cobras. Elas se mexem. Rapidamente, Donald pega um isqueiro e bota fogo no covil. Donald não se lembra de queimaduras. Donald não se lembra de objetos. Donald não se lembra de dor. Donald observa o carpete ao seu redor começar a arder. Logo, o carpete pega fogo. A fumaça no quarto aciona um alarme estridente e dispara os *sprinklers* no teto. A água escorre do estuque. Donald lembra-se de um temporal com raios que matou um cachorro da vizinhança quando ele era pequeno. Donald lembra-se de, inclinar-se, do colo de sua mãe, sobre a grade para colocar a mãozinha sob uma cachoeira. Donald lembra-se de aprender a nadar. Donald lembra-se das florestas escuras. Galhos furando as suas costas sob a pressão de cima. Donald lembra-se de cima. Donald afoga-se. O cômodo pega fogo enquanto uma mulher grita, lá de baixo, um nome de homem.

Donald! O que está acontecendo aí em cima?

Donald, o que está acontecendo?

Donald

Donald

DONALD

Eu me sento em frente à minha terapeuta, Irene, uma vez por semana. Não falo, ou falo de notícias, das Olimpíadas, dos tipos diferentes de carvão que se pode usar no churrasco; converso sobre paisagismo, esculturas do Koons, dos vegetais que me deixaram puto por não os ter encontrado na feira. Não falo, ou falo de antigas guerras, de quando a minha filha ficou em primeiro lugar na Feira de Ciências, das notas cada vez mais baixas do meu filho. Falo da origem da pasta de dentes, que, segundo li, tem conexão com os nazistas. Falo de Rachmaninoff, do meu desejo de andar a cavalo um dia, do meu desdém pelo Partido Verde. Não falo, ou falo, de quando vi o Hells Angels quando passaram um dia pela cidade, falo da minha vontade de visitar o Grand Canyon, falo da minha falta de vontade de visitar o Monte Rushmore. Falo de como se passou tudo bem com o recente exame de vista da Camilla, das melhores maneiras de se guardar ervas frescas na geladeira, do Mets, de um novo restaurante chinês que abriu no centro, do tempo. Falo da prosa de Anne Carson ou das peças de Tchekhov. Falo de como passei a década dos meus 20 anos aspirando ser um escritor que seria, de alguma forma, uma combinação dos dois. Falo da nova linha de giletes que descobri para fazer a barba, dos diferentes usos da valeriana, do bloqueio na 20 que nos fez chegar atrasados à consulta. Falo da Juíza Judy, o meu novo programa de TV favorito; falo da fisioterapia; não falo. Não falo, ou falo sobre a invenção da cadeira de balanço, vira-latas *versus* cães de raça, os benefícios das sementes de girassol para a saúde, da nova vassoura sem cerdas que encomendei na Amazon. Falo dos tênis para caminhada que acabei de comprar, das melhores marcas de repelente, de quando fui mutilado e deixado para morrer em um beco, de quando fui fazer *rafting* com amigos no meu aniversário de quarenta e seis anos. Não falo. Ou falo do impacto do vento sobre diferentes espécies de pássaros. Falo de taxidermia. Falo de golfe.

TRÊS

TRÊS

"Seja bem-vindo de volta, Sr. Ellis! Estávamos com saudade!". Lê-se em um dos muitos cartões empilhados sobre a minha mesa na sala de aula, onde não me sento havia quatro semanas, desde que o que aconteceu, aconteceu. Cada bolo recheado de piedade, cada abraço de compaixão prolongado, cada sorriso amarelo é um novo lembrete de como eu desapareci. Estou desaparecendo. Eu enfio os cartões e os buquês de flores dentro da gaveta. Eu me movo mais lentamente agora. Tenho que. Andar é muito difícil para mim. Há dias em que a dor é tão forte que nem consigo me sentar. Tenho de ficar parado, em pé, seja lá onde eu estiver, sem me mover. Amanda e Jake chamam de "momento estátua" e ficam em pé ao meu lado, em lanchonetes ou na esquina. Eu lhes digo que o papai só está pensando, ele precisa parar para pensar. Eles gostam de jogar esse jogo comigo. Assim fica mais seguro para as suas imaginações. Eles ainda veem como estou lento para calçar os sapatos, como tomo cuidado ao me abaixar. O desconforto calculado ao entrar e sair do carro e ao subir as escadas em um prédio sem elevador. Aí, não há jogo.

Cheguei quase duas horas do início da aula para que eu possa me preparar. É a minha nova rotina. Às vezes chego a um compromisso com três horas de antecedência só para ter tempo de ficar olhando pela janela do carro. Só observo e procuro não pensar. Tudo é um filme: uma mosca no para-brisa, tentando entrar; um caminhão estacionado em frente a um lugar qualquer para entregar algo que nunca irei saborear, um avião cheio de corpos cruza o céu. É maravilhoso assistir ao filme quando não estou nele.

A rotina de chegar mais cedo também me permite praticar sorrisos no retrovisor. Eu o ajusto de modo que consiga ver apenas a boca. Em casa, faço o mesmo. Quando saio do chuveiro e enxugo o espelho embaçado, vejo a barba rala no queixo, limpo as orelhas, observando os lóbulos. Mas evito os olhos. Sempre. Passo os dedos pelos cabelos molhados e avalio as entradas, recuando como as margens de um rio na estiagem. Quando a minha filha, Amanda, chama-me para ir ao quarto dela e pergunta que roupa deve colocar para ir à escola, mostrando dois macacões na frente de seu pequeno tronco, eu olho nos olhos dela no espelho de corpo inteiro e digo-lhe que adorei o azul com estampa de lontras-marinhas. Não tenho medo dos olhos da minha filha. Antes de sair de casa, confiro a gravata, o colarinho e o cortezinho de gilete no meu queixo. Confiro as minhas sobrancelhas até, e consigo limpar a crosta das pálpebras sem olhar diretamente para os meus próprios olhos. As minhas pupilas estão aferroadas na minha cabeça como alfinetes pretos pregados, mantendo todo o meu rosto no lugar. Os meus olhos já não fazem parte do meu corpo. Não nos conhecemos. Eu os vejo, mas eles não me veem.

O espelho retrovisor do meu carro é o melhor para praticar o sorriso porque é pequeno. Posso focar somente na parte do rosto que quero e não ver mais nada. Começo com um canto da boca, erguendo os lábios com fios invisíveis, depois os relaxo novamente. Ergo o outro lado, em um meio sorriso, depois deixo cair. Meio sorriso, descanso. Meio sorriso de novo, descanso. Daí ergo os dois ao mesmo tempo, lentamente, espalhando a carne do meu rosto como uma gravata borboleta. O sorriso humano já não faz sentido para mim. Por que é um sinal de felicidade? Quem decidiu isso? Por que não uma enrugada de nariz, uma piscadela, uma engolida difícil? Quem inventou a palavra "sorriso" e deu a ela esse sentido? Sorriso é o formato da minha boca que Amanda quer ver quando ela vem correndo da Feira de Ciências, ajustando os óculos verde-fluorescentes sobre o nariz e gritando a boa novidade. Sorriso é o formato da minha boca que a terapeuta procura quando me pergunta como vou indo. É o formato da minha boca que Camilla quer beijar quando volto de um dia de trabalho. O formato que os meus vizinhos e colegas desejam para que fiquem despreocupados. Dá segurança aos outros quanto à minha história. Eu pratico esse sorriso, esse formato de boca, no espelho. Faço isso por eles.

∞

"Bom dia, Donnie", minha colega Eugenia, uma professora, um excêntrico furúnculo de mulher, diz, colocando a cabeça enrugada para dentro e batendo forte na minha porta. Ela leciona Matemática no Departamento de Educação Especial e come pão – não torrada – com mostarda todo dia no almoço. Eugenia não é conhecida por ser calorosa, o que lhe rende o apelido de "Geninha Nojentinha" de alguns dos primeiro-anistas, que também pegou entre os funcionários. "Geninha Nojentinha" usa calça *legging* estampada, Crocs e camisas jeans com botões dos anos 60. Sempre pinta as unhas de vermelho-berrante-prostituta e não usa maquiagem. O corpo docente passa o almoço fofocando sobre Eugenia enquanto come salada preparada em casa com molho à parte.

Eu faço sinal para ela entrar e coloco na minha boca o formato que tenho praticado.

"Como você está indo, meu bem?", ela pergunta, a pulseira tilintando no pulso, conforme ela coloca a pata enrugada sobre o meu ombro. É a pergunta que mais ouço, e sei que todos querem ouvir apenas uma resposta.

"Bem", eu digo.

"Mentira."

Eu ergo o olhar.

"Você não está bem, Junior, mas, sabe, ficará bem. Você está se sentindo um lixo, eu consigo perceber."

Eu brinco com a minha gravata.

"Não se preocupe, meu bem, ninguém mais percebe. Você não está bem agora, mas vai ficar."

Ela me dá uns tapinhas fortes, seu hálito de cigarro com mostarda de Dijon descem pela minha garganta.

"Obrigado", digo, "eu agradeço."

O sinal toca.

"Geninha Nojentinha" sai da sala.

"Ei! Não corram pelos corredores, seus avoados!"

Cheguei com uma hora e dez minutos de antecedência ao consultório de Irene.

Ajusto o retrovisor. Pratico o formato da minha boca.

Respiro profundamente e observo lá fora.

Assisto ao filme passando ao meu redor.

Penso nos meus alunos. Na aula de hoje. Seus olhos fáceis me recebendo de volta. As grandes campinas abertas de suas mentes. O luto afrouxa a mandíbula agarrada em meu pescoço, mas não a solta. Jimmy Hillstein, um ruivo calmo que perdeu o pai em um acidente de caminhão quando tinha cinco anos, estava sentado no fundo da sala. Jimmy desenvolveu uma gagueira grave no ano seguinte à morte de seu pai e logo parou de falar de vez. As sessões de fonoaudiologia o ajudaram a reencontrar a voz, sobretudo, por meio do canto. Nas aulas, ele levanta a mão e canta as suas respostas para mim. Seu contralto corajoso entona palavras ao ritmo, de *Yellow Submarine*: "Não-foi-Colombo, mas Leif-Erik-son, Leif-Erik-son". Ele cantava muitas respostas nesse ritmo de maneira criativa, arranjando sílabas e consoantes para que se encaixassem na melodia. Não era só a habilidade de Jimmy de driblar uma dor como essa que me comovia, mas também o carinho dos seus colegas. Eles nunca zombavam do silêncio de Jimmy, nem de sua gagueira, nem de suas respostas cantadas. Eu entendo a fragilidade de Jimmy. O meu pai morreu em um acidente quando eu era adolescente, embora eu tenha lidado com o meu luto menos silenciosamente. Nós trocamos olhares na classe. Ele se levantou e ajustou a camisa para que a barriga não aparecesse. Veio à minha mesa e franziu os olhos.

Entregou-me um bilhete.

"Como foi o seu primeiro dia de volta, Donald?", eu não falo, e Irene pergunta.

Sim, eu ainda estou respirando.
Não, eu não estou vivendo.
Sim, eu consigo sentir as minhas pernas.

"Eu tenho me mostrado bem, Irene. Cada dia se desenrola em direção à morte. Eu tento esquecer. Perdoar. Todo dia, morro de novo. A minha família vive uma vida de enterro. Tudo me faz ter vontade de chorar. Tudo me enfurece. Tudo me deixa apático. Repete-se. Estou cansado. Paranoico. Sinto frio na maior parte do tempo, usando blusas no calor da primavera."

Não, eu não consigo sentir os meus genitais.

"Tive de reaprender a ir ao banheiro. Ainda estou usando um cateter. Não posso fazer amor com a minha mulher. Eu interpreto um papel com as crianças. Não há mais diferença entre os sentidos. Uma tigela de cereal é um travesseiro, é um cesto de lixo, é uma faca, é uma briga de rua."

Sim, eu consigo ver.

"Não consigo parar de pensar sobre o que eu poderia ter feito para evitar o que aconteceu naquela noite."

"Continue."

"Eu fui ao bar para encontrar o meu amigo Mark e beber umas cervejas. Era uma quarta-feira. Ele foi embora mais cedo para jantar com a mulher. Eu comecei a bater papo com alguém. Dizem que eu saí do bar sozinho. Dizem que alguém entrou no bar, me viu, e que eu pareci desorientado... Alguém... estava lá fora. Talvez estivessem lá dentro? Me observando? Eu estava me sentindo zonzo. Precisava me sentar. A pessoa me levou para um bosque. Eu acabei na grama, sob as árvores, embora ninguém saiba como fui parar ali. Dizem que tiraram as minhas calças. Eu mal estava consciente. Sedado. Eu não conseguia parar – eu não conseguia fazer nada..."

Não, eu não quero ver.

"Os meus braços foram segurados, eu estava fraco demais para lutar. As minhas pernas, pregadas. Mal estava consciente. O criminoso... O criminoso se esfregava para frente e para trás em cima de mim, de... de roupa. De jeans grosso. Esfregou-se em mim até... Até que não sobrou nada de mim. Até que cada parte de mim, lá embaixo... foi destruída."

Sim, ainda estou respirando.

"Fui arrastado de volta para o Green Tavern e deixado lá no frio congelante, atrás do prédio, ao lado do lixo. Sem roupas. Coberto de sangue. O criminoso…"

Não, eu não estou vivendo.

Um longo silêncio. Eu não consigo mais falar.
Um demônio entra na minha boca e arranca todos os sinos.
Sóbrio, furioso, sem palavras, impossível de explicar, explosivo, cheio de remorso, humilhado à morbidade. Minha vida. *Minha vida.* Lambuzada na parede como fezes em uma cela de hospício. Eu choro. Limpo ranho e lágrimas do rosto e enterro as juntas dos dedos no sofá de camurça da Irene, o suor se formando, a minha bunda levitando acima das almofadas, pulsando de vergonha. Quero esmagar os meus muitos corações contra uma estaca. Quero correr. Quero sucumbir. Sucumbir ao meu esqueleto agora, minha desmedida inquietude. "O criminoso!", eu grito pelo meu agressor, envergonhado. Choro com tanta força que tenho de ajustar o tubo conectado à minha bolsa de urina para não beliscar. Eu me inclino para frente e seguro com uma mão o tubo, enquanto cubro o rosto com a outra. Esse rosto que eu costumava ter, grasnando a falência de um menino, o meu corpo todo trêmulo, a prisão perpétua.

"Posso me sentar ao seu lado, Donald?"

"Sim"

Querido Sr. Ellis,

Hoje a minha mãe fez panqueca porque é um dia especial porque o senhor é o meu professor favorito e está de volta e isso me deixa muito feliz. A minha mãe fez uma panqueca em formato de E de Ellis. Se quiser um dia conversar comigo sobre o que aconteceu e por que precisou se ausentar Sr. Ellis eu vou ouvir e vou ser seu amigo. O meu melhor amigo é o Rotty meu cachorro e ele sempre me ouve quando estou triste. Posso ser o seu Rotty se precisar de um. A minha mãe diz que uma coisa ruim foi feita contra o senhor por uma pessoa má que eles não encontraram e isso passou no noticiário. Mas eu não me importo com o noticiário. Eu só me importo com o senhor.

Seu amigo,
Jimmy

PS: Eu também gosto do Rotty. E da mamãe.

Jake está se dedicando a uma pintura na varanda da frente, cercado por tinta pastel, quando entro na garagem. Estava planejando ficar no carro por um tempo para esquecer um pouco a sessão com Irene, mas ver o meu filho me tocou. Ele é marcadamente diferente de sua irmã mais velha, a aficionada por Ciências, com magnetismo social e uma variedade de acessórios fluorescentes. A irmã dele um dia trabalharia nas plataformas de lançamento da NASA e se casaria com um ganhador do Pulitzer, enquanto Jake é meu artista introspectivo, meu tranquilo navegante de paisagens, meu encantador de insetos.

"Oiê."
"Oi, papai."
"O que está fazendo aí?"
"Só um desenho."
"Ah, legal. Do quê?"
"De uma coisa."

Eu aquiesço, repouso o queixo sobre a mão, o cotovelo sobre a moldura da janela do carro.

Jake esfrega o nariz, fala sem desviar o olhar da pintura.

"O que *você* está fazendo aí dentro?"
"Só sentado aqui no carro, filho. Nada de especial."
"Ah."

"Quer dar uma volta de carro?"
"Quer ir até o rio?"
"Quero."

"Como foi a escola hoje?"
"Sei lá, meio divertida, eu acho."
"Ah, é? Me conte."
"Bom… eu encontrei uma salamandra no intervalo do almoço."
"É?"
"É."
"E…?"
"Achei esquisito pegar nela. A pele. Mas eu fiz um carinho bem entre os olhos, sabe? Como um gato?"
"Sim…"
"É, e aí ela dormiu na minha mão. Foi legal."
"Parece legal."
"É."
"Por quanto tempo ela dormiu?"
"Deu tempo de eu desenhar um rascunho dela."
"Ah, é? Era nisso que você estava trabalhando em casa?"
"Não, aquilo era outra coisa."
"Entendi."

"Amigão, tire o chinelo se for colocar os pés no painel."
"Tá, desculpe."
"Não peça desculpas, filhão."

"Logo acho um lugar para estacionar..."
"Tá..."

"Então..."
"Sim, filho?"
"Você está se sentindo estranho desde que voltou para casa?"
"O que você quer dizer?"
"Você anda meio quieto, acho. Não sei."
"Eu sei. Não vou ficar assim por muito tempo, eu prometo."
"Tá..."
"Você quer me perguntar alguma coisa, filho?"
"Não sei..."
"Tem gente falando alguma coisa para você na escola?"
"..."
"Jake, escute... me escute, não chore, filho. Não chore. Escute... Estou aqui, não estou? Estou vivo, bem e aqui."
"Eu sei... é só que..."
"O quê? Você pode me falar."
"Eu não sei..."
"Ok. Você não precisa me dizer nada se não quiser. Mas saiba que eu estou bem. De verdade, eu estou bem. Estou aqui, não estou? Estou aqui."
"... é só que algumas pessoas falaram coisas ruins de você e eu não gostei. E me perguntaram como você foi... foi..."

"Foi o quê, filho?"

"Foi... estuprado... e eu nem conhecia essa palavra. Tive que procurar. Parece horrível. É isso que aconteceu com você?"

"É complicado, Jake... É muito complicado. Mas... deixe eu tentar explicar para você..."

"..."

"Algumas pessoas no mundo são más. O que aconteceu comigo... Foi como aquela salamandra... Eu estava dormindo."

"Mas por que você estava dormindo?"

"Bom... Uma das coisas ruins que aconteceram comigo foi que alguém colocou alguma coisa na minha bebida, que me fez ficar muito, muito sonolento. Então não doeu. Eu não senti nada."

"Por que você deixou alguém colocar uma coisa na sua bebida?"

"Eu não *deixei* isso acontecer, Jake... Foi colocado quando eu não estava olhando."

"Ah... Mas por que você não estava olhando, papai?"

"Jake, amigão, escute. Me escute. O que importa é que eu estou bem agora e que eles encontrarão essa pessoa má, para que ela não faça mais coisas malvadas com outras pessoas. Você acredita em mim?"

"Acredito."

"Que bom, meu garoto. Vamos sair daqui e nos sentar à beira da água, que tal?"

"Sim, vamos."

Nós nos sentamos quadril com quadril, de frente para a Black River Bay. Eu coloco a minha mão sobre os seus ombros estreitos e o puxo para perto. Eu criaria novas bocas para engolir toda a sua confusão e sofrimento. Não dizemos nada. As nuvens movem o vento, flertam com as árvores, ondulam a água, acariciam os peixes, fazem cócegas nos juncos, pulam as pedras, amamentam os musgos, gorgolejam o rio, ressoam nos vales. Em algum lugar, uma salamandra dorme. Em algum lugar, uma coruja abre um olho. Em algum lugar, uma coisa ruim, em algum lugar, uma coisa boa, coisa nenhuma e tudo. O ar racha a sua claridade quente contra o nosso cabelo. O cheiro de carne grelhando lufa sobre nós. Eu o amo. Eu o protegerei.

Sim, ainda estou respirando.
Não, eu não estou vivendo.

QUATRO

QUATRO

Eu entro e tranco a porta. Fica mais fácil me preparar para dormir quando estou sozinho no banheiro. Eu diminuo a luminosidade até que mal consiga enxergar. Desabotoo e abro o zíper da calça. Odeio o som do zíper descendo. Com cuidado, vou empurrando o cós da calça para passá-la pelo quadril enquanto puxo também o tecido, baixando-a lentamente como uma bandeira a meio mastro, certificando-me de que nada prenda a bolsa de mijo pendurada na coxa. Dou um passo para fora da pilha de roupa no chão, uma perna por vez, tomando cuidado para não levantar a perna alto demais e beliscar o cateter. Nu, eu solto o velcro da bolsa na minha coxa e desconecto o tubo. Eu o apoio sobre uma toalha ao lado da pia. Eu lavo as minhas mãos com sabonete por quinze segundos. Retiro o dreno do cano da bolsa e o abro. Abro as pernas acima do vaso sanitário. Seguro a cabeça, agora um Picasso de pigmento, e direciono o seu corpo disforme com uma mão. Com a outra mão, eu seguro a bolsa de urina. Olho para cima, para uma prateleira com os cremes, para os olhos da Camilla. *Linda, por que se casou comigo?* Eu não olho para baixo enquanto viro a bolsa de urina no vaso e ouço o gotejamento na porcelana. Fecho os olhos. Eu lembro. Eu imagino.

Estou segurando uma alavanca perfeita.
Um cutelo encapado. Uma arca de veludo.
Estou segurando um saco de cem níqueis quentes.
O campanário de um castelo de areia banhado pelo sol.
Estou segurando um bebê águia recém-nascido,
um retrato de Poseidon na armação,
uma larva de mariposa,
uma estátua em miniatura do Dalai Lama.
Estou segurando o Sr. Cabeça de Batata,
a linda orelhona de Van Gogh,
uma cabaça,
uma arma,
estou segurando a língua recém-cortada de uma vaca.
Estou segurando uma montanha com uma nuvem lenticular,
um enxame de estorninhos adormecidos antes do anoitecer.
O casulo de uma tarântula,
um redemoinho invertido,
um botão de flor-cadáver.
Estou segurando um tornado latejante.
A libido de um monarca.
Um pássaro calcificado do Lago Natron.
O chifre de um touro Watusi.
O crânio de um rei.
Um caco de uma bola de cristal quebrada.
Um famoso pergaminho.
Estou segurando uma tora da Floresta Negra.

Estou segurando a veia de uma baleia.
Estou segurando a mão do meu pai.
Estou segurando o nome do meu pai.

Pela manhã, o ar fica espesso com o aroma de cebola cozida e café. Alguém passou um pedaço de papel por debaixo da porta do quarto. Uma pintura. Do Jake. Na pintura, um homem e um menino estão sentados em uma doca de frente para o rio e a floresta. O sol brilha lá de cima, iluminando cada folha em tons de verde, amarelo e dourado. O homem está usando uma coroa. Ele não sorri, mas o seu corpo, sim. O homem não está abraçando o menino com braços, mas com asas longas e fortes. Os olhos do menino estão fechados. Ele não vê, mas o seu corpo, sim.

Para além deles, há uma cortina pesada de árvores verdejantes. Entre as frestas da floresta, um pequeno par de olhos pretos vigiam e uma mão deformada finca-se em um tronco, o outro braço, longo, arrastando-se pela lama.

A criatura não tem cabeça.

Ela se move.

Lá embaixo, encontro Camilla paralisada na cozinha, olhando fixamente para a televisão enquanto as cebolas queimam no fogão.

"Autoridades confirmam que um homem identificado como Pear O'Sullivan foi brutalmente atacado e violentado em Springfield, Massachusetts..."

Ela se move.

Ela...

"Investigadores trabalham com a hipótese de que o agressor seja, provavelmente, o mesmo que atacou o professor Donald Ellis de Watertown, há apenas três meses. As autoridades acreditam, na verdade, que a responsável pelos ataques seja uma mulher não identificada."

Ela.

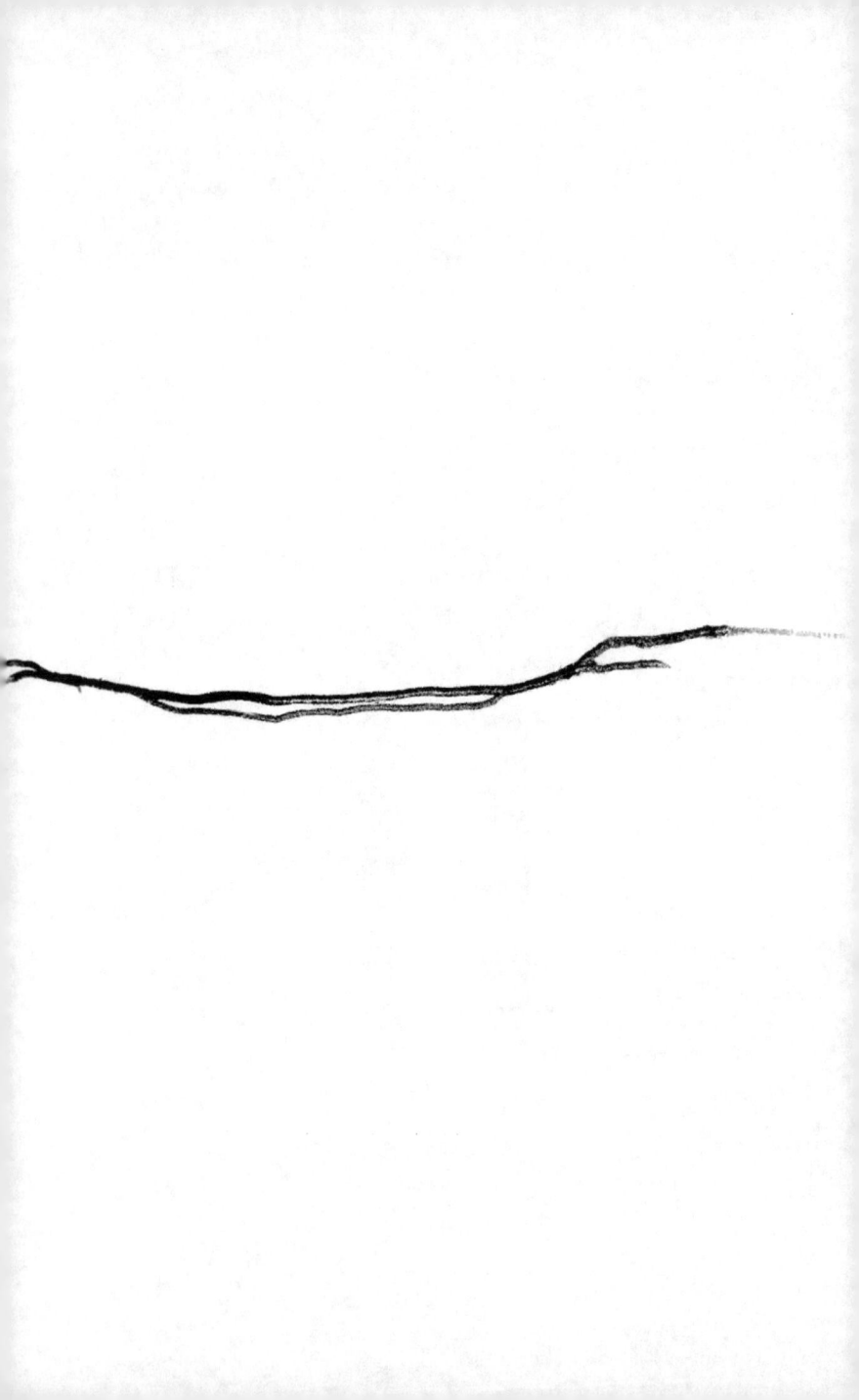

MU

UM

<Você começou uma conversa com JasmineRose.>

JAMARVEL83: Oi

JASMINEROSE: Oiê

JAMARVEL83: Aqui é o Jamar. E vc, Jasmine ou Rose? Ou os dois?

JASMINEROSE: Jasmine, mas tem gente que me chama de Rose tb

JASMINEROSE: De onde vc é, Jamar? Gostei da foto.
Do perfil.
Mas é por isso que estamos conversando, né? rsrsrs

JAMARVEL83: RISOS é. Gostei da sua foto tb. Vc é descendente de quê? Não dá pra dizer...

JASMINEROSE: Uma mistura de várias origens, e vc?

JAMARVEL83: Pai indiano. Mãe irlandesa e hippie.

JASMINEROSE: Legal

JAMARVEL83: É?

JASMINEROSE: rsrsrs

JAMARVEL83: Há quanto tempo vc tá no Cupid? Isso aqui é meio estranho.

JASMINEROSE: rs superestranho. Não tempo suficiente pra me acostumar.

JAMARVEL83: Sim, tô há 6 meses. Tem seu lado bom.

JAMARVEL83: Tem experiências boas e ruins, né?

JASMINEROSE: Sim rs

JAMARVEL83: Mas que se foda. Me fala di vc

JAMARVEL83: *de. Nem foi o corretor automático

JASMINEROSE: rs

JAMARVEL83: É como se eles programassem essas coisas de propósito para acabar com qualquer chance que o cara tenha

JASMINEROSE: rs

JASMINEROSE: sem problemas

JASMINEROSE: Originalmente, eu sou de Wichita

JASMINEROSE: Já ouviu falar?

JAMARVEL83: Claro! Tá brincando? Lá tem os melhores

JAMARVEL83: (corre e pesquisa Wichita no Google)

JASMINEROSE: Ha1

JASMINEROSE: !

JAMARVEL83: ...eventos interativos para crianças eeeeeee...

JASMINEROSE: haha

JAMARVEL83: .... planícies?

JASMINEROSE: haha sim, nós somos especialistas em vastos campos abertos

JAMARVEL83: Ah, agora tá na cara que vc está FLERTANDO comigo, sendo tão poética

JASMINEROSE: rs né

JAMARVEL83: Então, Wichita...

JASMINEROSE: Daí mudei para Nova York para trabalhar com...

suspense...

JAMARVEL83: ...

JASMINEROSE: Seguros.

JAMARVEL83: Casa comigo.

JASMINEROSE: haha

JAMARVEL83: Nunca ouvi uma história tão comovente

JASMINEROSE: Mas, espere, tem mais!

JAMARVEL83: Não ligo. Tô convencido. Para a vida toda. Com comunhão de bens.

JASMINEROSE: haha

JASMINEROSE: Parece um bom plano

JASMINEROSE: Onde vc estudou?

JAMARVEL83: Universidade de Syracuse. Moro em Albany agora.

JASMINEROSE: Legal. O que você estudou?

JAMARVEL83: Letras. Não adivinhou antes?

JASMINEROSE: Ah, claro, não vi uma só vírgula errada

JAMARVEL83: Vc é engraçada, sexy, e vem das planícies.

JASMINEROSE: haha achei a vírgula errada!

JASMINEROSE: Essa frase será o meu epitáfio

JAMARVEL83: Mas não morra AINDA, temos ainda muitos filhos para ter e um financiamento para pagar

JASMINEROSE: haha socorro

JAMARVEL83: E sogras pra encher o saco e uma
libido cada vez menor
que vamos culpar pelo nosso vício em pornografia

JASMINEROSE: Ai, Jesus, tá ficando meio sério pra uma primeira conversa

JAMARVEL83: Ahhh desculpa, só tava tentando ser engraçado.

JASMINEROSE: Eu sei... e vc é engraçado mesmo.
Fale mais sobre vc.

JAMARVEL83: Legal. Pra resumir, nasci e fui criado no norte de NY. Adoro beisebol. Tenho 36 anos e faço aniversário junto com o escritor preferido, J. D. Salinger. Depois da faculdade caí na área de web design por acidente.

JASMINEROSE: rs como se "cai" nessa área?

JAMARVEL83: Dá um pouco de vergonha de contar, mas, basicamente, eu estava tentando criar um site para mim porque queria ser ator e tinha lido em algum lugar que todo ator precisa de boas fotos e de um bom site.

JASMINEROSE: Ha! Sério?

JAMARVEL83: Sim. Sendo bem sincero, eu fumei um uma noite, vi um filme no canal Turner Classic Movies e pensei "Acho que eu consigo fazer isso aí"

JASMINEROSE: Hilário

JAMARVEL83: Queria ser o Cary Grant, mas descobri que estou mais para Steve Wozniak. (Que também é um ótimo nome para a minha futura biografia.)

JASMINEROSE: Jesus, não tô entendendo nada. Quem é Steve Wozniak?

JAMARVEL83: O cara menos famoso que também fundou a Apple.

JASMINEROSE: Ah!

JAMARVEL83: Pois é. De formado em Letras pra ator frustrado pra programador pra um quase fracassado!

JASMINEROSE: ha

JAMARVEL83: Eu fico muito online por causa do trabalho, então a minha vida pessoal acaba acontecendo muito aqui também. Online.

JASMINEROSE: Como assim?

JAMARVEL83: Bom… aqui estamos, não?

JASMINEROSE: Sim, mas não por que vc escolheu isso, né? Ninguém ESCOLHE isso aqui

JAMARVEL83: hmm, pra mim, sim e não ao mesmo tempo

JASMINEROSE: Estamos aqui porque é difícil conhecer pessoas fisicamente hoje em dia, com os nossos trabalhos e as nossas vidas

JASMINEROSE: Por que vc diz "sim e não"?

JAMARVEL83: Digo porque esse tipo de interação – que estamos tendo agora – é mais divertida. Sabe? Online. Não precisa de muito esforço, e você pode conversar com muita gente.

JASMINEROSE: Ah.

JAMARVEL83: É…

JASMINEROSE: Então acho que deve ser como um jogo pra vc. Conversar com um monte de mulher por trás de uma tela.

JAMARVEL83: Um jogo…?

JASMINEROSE: Tipo, vc não está REALMENTE interessado em encontrar alguém aqui. Encontrar fisicamente, quero dizer. Quer ficar seguro, sem intimidade.

JAMARVEL83: Preciso dizer… essa última palavra que vc usou dá um tesão

JASMINEROSE: O quê?

JAMARVEL83: ☹ desculpa, estava só tentando fazer vc rir

JASMINEROSE: Ok

JAMARVEL83: Acho que foi uma sábia mulher que disse um dia "tá ficando meio sério pra uma primeira conversa"…

JASMINEROSE: Ok

JAMARVEL83: ☹

JAMARVEL83: Desculpa, mas vc começou a falar de umas coisas mais pesadas. Eu só tô querendo te conhecer. Vamos voltar para Wichita!

JASMINEROSE: Não, vc não está, mas tudo bem.

JAMARVEL83: Não estou?

JAMARVEL83: ☹

JAMARVEL83: Jasmine?

JAMARVEL83: Rose?

JAMARVEL83: Jasrose? Romine?

\<JasmineRose saiu da conversa.\>
\<JasmineRose está off-line.\>

\<Você encerrou a sessão no OkCupid.\>

NOVA ABA:
Google: Jasmine Rose Wichita
11.200.000 resultados encontrados

NOVA ABA:
ifood.com
Restaurante China House
Pedido: 1 frango agridoce, 1 gyoza de frango, 1 sopa com ovo, 1 yakisoba
Tempo estimado para entrega: 45 minutos

NOVA ABA:
Google: Empire Vinhos & Bebidas
Pedido: 1 engradado de 12 cervejas Pacífico, 1 garrafa de Jack Daniel's
Tempo estimado para entrega: 30 minutos

FECHA ABA. NOVA ABA:
MLB.com
Texto: Os jogadores mais superestimados da história do beisebol?

COMENTÁRIOS DO POST:
Duas palavras, DodgersFan1962: Julio. Teheran. Estamos esquecendo do #2015Gate?! Ele estava com ERA de 4,04 e WHIP de 1,31?? O cara era um bom lançador, e só.

NOTIFICAÇÃO POP-UP DO FACEBOOK:
Geraldine Sands convidou você para o evento:

Cura para o Hudson: oração poderosa de Ashtanga Yoga pelos nossos amigos afro-americanos

Shift + Command + 3

Nova mensagem:
Jen Sands. Digite uma mensagem…
Veja esse convite do retiro de ioga da mamãe. Quero me matar.

NOTIFICAÇÃO POP-UP DO GMAIL:
Alexandra Hughes: Projeto nutrientes biocomplexos
Forbes: Jamar, renove a sua assinatura hoje e economize 30%
Amazon: O seu pedido Amazon.com foi enviado!

NOTIFICAÇÃO POP-UP DE MENSAGEM:
JEN SANDS: Precisamos mudar de sobrenome
JAMAR SANDS: rs
JAMAR SANDS: Como vou explicar pra ela?
JEN SANDS: Nem tente. Pensa: ela tem FILHOS NEGROS e ainda dá uma de "Mama-san"
JAMAR SANDS: Por favor, nem lembre daquele jantar no P.F. Chang's
JEN SANDS: já volto, trabalho
JAMAR SANDS: Tá

SPOTIFY:
Pesquisa: Eagles > Álbuns > *The Very Best of the Eagles*

NOTIFICAÇÃO POP-UP DO GMAIL:
iFood: Jamar, o seu pedido está a caminho!

CHROME > ABA MLB.COM:
Texto: Lendas da Major League: Passado, Presente, Futuro

COMENTÁRIOS DO POST
Sammy Sosa, seus filhos de uma puta. Sammy. Sosa. Porra. Quero ver alguém discordar de mim. Pode vir.
Atualizar.
Atualizar.

NOVA ABA:
timesunion.com > Notícias
Reportagem: Longa seca prevista para o norte de Nova York
Reportagem: Cansado de viver sozinho? Veja como tornar a vida mais feliz
Reportagem: Sebastian White, personalidade da internet, polemiza ao comparar militares trans a baratas

NOVA ABA:
Google: Sebastian White + direita alternativa
Volta à aba MLB.com
Atualizar.
Atualizar.
Atualizar.
Atualizar.
Atualizar.

Atualizar.
Atualizar.
Atualizar.
Atualizar.

VOLTA À ABA TIMESUNION.COM
Reportagem: Adolescente acusado de organizar brigas de galo em Berkshire
Reportagem: Ruas serão interditadas no centro de Albany
Reportagem: 2017 será um ano de novas resoluções para o estado de Nova York
Reportagem: Seis meses depois, dois casos de violência sexual ainda sem solução

NOTIFICAÇÃO POP-UP DO FACEBOOK:
Maria Lockhead curtiu sua publicação.

NOTIFICAÇÃO POP-UP DO GMAIL:
iFood: Jamar, o seu pedido está chegando!

VOLTA À ABA DO GOOGLE.
Google: Donald Ellis + Watertown Nova York + violência sexual
Google: Pear O'Sullivan + Springfield Massachussetts + violência sexual
www.timesunion.com/local/Segundo-Homem-Agredido-Por-Mulher-Não-Identificada-Confunde-Polícia-Local-3735483.php
Google: Detetive Myles Whirloch + norte Nova York

NOTIFICAÇÃO POP-UP DO FACEBOOK:
Jake Pizzalotto marcou você em uma foto.
Abre aba do Facebook.
Legenda da foto:
Kettlebells com o Sands! Melhor jeito de treinar no sábado.

COMENTÁRIO NA PUBLICAÇÃO:
ISSO é que é elevação. Tá em forma, hein, cara. Até sábado.

VOLTA AO SPOTIFY:
Pesquisa: Kanye West

NOVA ABA:
yahoo.com/noticias
Texto: Os melhores destinos de férias do mundo
Google: Fotos de Bali
Google: Fotos de férias em família em Bali
Google: Fotos de celebridades em Bali
Texto: O corpão de Ryan Gosling na praia
Texto: Cinco coisas que você não sabia sobre Ryan Gosling
Google: Site oficial Ryan Gosling
Texto: Melhor design + site + ator
Google: Aulas de teatro + Albany Nova York
Google: Estúdio de fotografia + retratos + Albany Nova York
Google: Atores famosos nascidos em Albany Nova York
Google: Megyn Kelly site oficial
Google: Megyn Kelly fotos + biquíni

NOVA ABA:
youporn.com

NOTIFICAÇÃO POP-UP DO FACEBOOK:
Jake Pizzalotto curtiu o seu comentário.

VOLTA À ABA YOUPORN.COM:
Pesquisa: loiras
Vídeo: Suecas safadinhas

NOTIFICAÇÃO POP-UP DE MENSAGEM:
MAMÃE: Oiê! Ligue para a mamãe quando o seu espírito estiver pronto! Saudades! <emoji rezando> <emoji de beijos> <emoji de postura de ioga> <emoji chorando de rir>
MENSAGENS > PREFERÊNCIAS > NOTIFICAÇÕES > Desativar notificações desse usuário
Command + Q
Fechar aba youporn.com.
Fechar todas as abas.
Sair do Chrome.
Apple > Modo Sleep

DOIS

DOIS

Usuário:
Senha:

NOTIFICAÇÃO DA APPLE:
Bem-vindo, Jamar Sands!
Inicia Chrome.
NOVA ABA:
Google: Como tirar molho chinês da roupa
Google: Serviço delivery de lavanderia + Albany

NOTIFICAÇÕES POP-UP DO GMAIL:
GNC: Proteína em pó com 20% de desconto para o lutador que existe em você
ESPN: Steve Zabrinski aceitou a sua oferta.
MLB.com: Encomende figurinhas da Liga antes de fevereiro de 2017 e economize!

VOLTA AO GMAIL:
Gmail > Google Calendar > Lembrete 7 de janeiro de 2017 > aniversário da vovó

INICIA MENSAGENS
Nova mensagem para Jen Sands:

Droga! O aniversário da MawMaw é hoje, esqueci completamente. Vou mandar flores em nome de nós dois.

VOLTA AO CHROME.
Google: Entrega de flores + Hartford CT
flora.com
Pedido: 1 buquê risada dourada

ADICIONAR CARTÃO:
MawMaw: Feliz aniversário de 91 anos. A senhora tem nos inspirado durante toda a nossa vida. Espero que consiga comer uma quiche inteirinha hoje e que faça o Sr. Torres chorar de novo no jogo de baralho, porque ninguém blefa como a senhora! Nós a amamos.
Seus netinhos, Jamar e Jen

FECHA ABA.

Inicia Adobe Illustrator.
Inicia Snagit.
Inicia Coda.
Inicia Spotify:
Pesquisa: rádio Kid Rock
Desktop > Trabalho > Projetos em desenvolvimento > Nutrientes Biocomplexos
Notificação pop-up do Gmail:
Flora: Obrigado por comprar na Flora!

NOTIFICAÇÃO POP-UP DO OKCUPID:
JaMarvel83, você tem um convite para bate-papo de

Maude.

NOVA ABA:
OkCupid.com
Abre mensagem de convite:

MAUDE: Oi, Jamar.
MAUDE: Estou em busca de uma mente forte para eu assombrar.
MAUDE: Gostei da sua parede.
MAUDE: Posso atravessá-la?

Aceita convite para bate-papo.

<Agora você está conversando com Maude.>

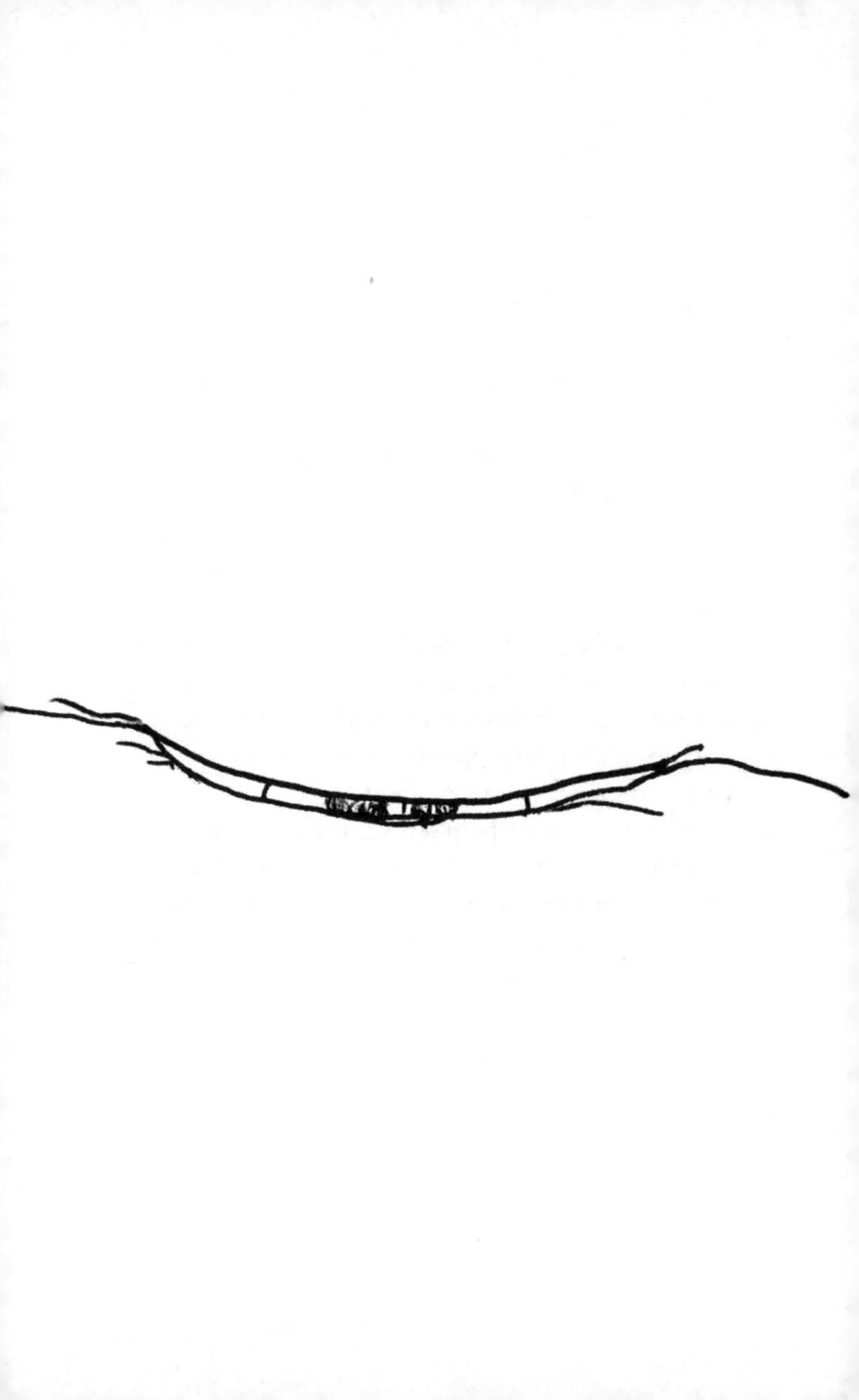

8 de maio de 2016

Prezado Sr. Ellis,

Eu me chamo Marsha Broscov e sou produtora do programa da Melissa Hope, que passa no canal BCN (audiência de mais de 2,1 milhões de espectadores). Como deve saber, Melissa é comentarista jurídica, e o talk show dela é o número um do país. Estamos seguindo a sua trajetória desde a violência que sofreu, há alguns meses atrás, e consideramos o senhor extremamente carismático. Somos suas fãs! Adoraríamos trazê-lo ao programa para conversar sobre o seu ativismo e a sua opinião sobre Maude.

Ficaríamos muito felizes de contar com a sua presença no programa da Melissa nesta sexta-feira, às 19h. Forneceremos transporte da sua residência, hotel, cabelo e maquiagem no estúdio. Aguardamos, ansiosamente, a sua resposta.

Atenciosamente,
Marsha

9 de maio de 2016

Olá, Marsha,

Agradeço pelo contato. Nunca participei de nada desse tipo e acho que não ficaria à vontade o suficiente em um talk show neste momento. Não sei. Ainda é difícil para mim falar a respeito. Preciso conversar sobre isso com a minha mulher. Não quero entrar em detalhes sobre o que aconteceu naquela noite, essa é a questão principal. Preferiria debater a cultura que cerca a violência sexual e como poucos homens denunciam quando sofrem agressões dessa natureza, mas também sobre como apenas poucas das mulheres que denunciam recebem credibilidade. Prefiro falar sobre esses tópicos. O que você acha?

Cabelo e maquiagem também não seriam necessários. Homens costumam fazer isso?

Obrigado,
Donald

P.S.: Por curiosidade, como você conseguiu o meu endereço de e-mail?

9 de maio de 2016

Que ótimo receber a sua resposta, Donald!
Por que já não confirmamos a sua participação, aí você pode dar para trás (com o perdão da expressão! hehe) se precisar? Nesse tipo de situação, acho que é melhor primeiro fechar o acordo, depois decidir. Vamos compreender se você mudar de ideia, claro!

Sim, com certeza podemos debater o tema mais geral do papel da sociedade na cultura do estupro e dos problemas enfrentados por homens e mulheres na atualidade.

Seria possível confirmar a sua participação para quarta-feira, dia 11? Podemos mandar o motorista buscá-lo às 14h. Você pode me dar o seu endereço para eu marcar com o motorista?

Quanto ao seu e-mail, nós ligamos para a escola da sua filha e eles nos deram. Espero que tudo bem!

Att.,
Marsha

III

MU

UM

"Feliz dia seguinte ao primeiro dia do campeonato, meus companheiros maníacos por beisebol! Desculpem, uma saudação inadequada para a terapia de grupo, eu sei. Olá, meu nome é Pear. O'Sullivan. De Massachusetts, orgulhosa terra natal de racistas e do Red Sox. Tenho vindo ao Centro de Apoio de Albany já há algum tempo, como a maioria de vocês sabe. Difícil fazer um ranzinza como eu vir falar em uma sala cheia de – Jesus, quem diabos vocês são mesmo? Modelos selecionados para o calendário de uma petroleira? Nunca vi tantos bonitões bronzeados, daquele estilo lenhador. Bom, voltando. Aqui estou. Estou vendo que alguns de vocês são novos por aqui – oi pra vocês –, então vou me reapresentar, mas não vou recontar por que estou aqui e essas coisas tudo de novo. Vocês já sabem o meu nome, mas aqui vai um pouco sobre mim. Sou um homem de 64 anos que passou a vida rejeitando qualquer centavo de salário decente para me dedicar a uma longa e lamentável carreira na comédia *stand-up* regional. Essa é uma citação direta da fala da minha ex-mulher. Da minha terceira ex. Nasci no Novo México e me mudei para Boston aos 25 anos. Não graças à comédia, mas a uma moça. Aí meu coração foi partido. Não pela moça. Pela comédia. Por razões variadas, eu vim parar próximo daqui, em Springfield, Massachusetts, provavelmente o pior lugar para um comediante *stand-up* morar, mas foi assim que a porra do meu destino quis. Além disso, eu babo com a folhagem de outono. Meu lado poético e tals.

Sabem... eu acho que o que aconteceu comigo – o porquê de eu estar aqui –, eu acho que foi uma piada lindamente executada, meio século tarde demais. Toc toc. Quem está aí? Uma mulher. Mulher, quem? Uma mulher estupradora! Do resto vocês sabem. Não acredito que me deram material para uma vida inteira bem no fim da minha vida. Falando sério, por que ela não me atacou antes de eu chegar aos sessenta, antes do câncer da tiroide e de um armário cheio de cueca manchada de merda? Antes, quando eu tinha estamina e presença de palco? Antes de eu ganhar o desconto de cidadão sênior na loja de velas perfumadas? Ela podia ter me transformado em uma estrela se tivesse parado um minuto para pensar e feito tudo isso há quarenta anos, mano. Estupradoras de hoje em dia: nenhuma consideração pelo carinha!

Ok, ok, calma aí com as piadinhas, Pear, eu sei, eu sei. Fale a sua verdade, Pear. Fale do fundo do coração, Pear. Eu sei. Escutem... Eu comecei a vir aqui em agosto do ano passado, alguns meses após o ataque. Feito por uma mulher. Uma mulher que estão chamando de Maude. Preciso rir quando digo isso, porque é engraçado, sabe? É tão horroroso que chega a ser engraçado. É louco! Quando comecei a vir aqui, há nove meses atrás, eu não falava muito. Não falava nada. Sempre soube que teria uma vida de azar: fui criado por um pai bosta. Divorciado três vezes, todas contra a minha vontade. Uma poupança que mais parecia um namoro entre o zero e o nada. Mas chegar aos sessenta anos celebrando as pouquíssimas conquistas do meu passado, e isso acontecer comigo? Fala sério. Jesus! Só rindo.

Parei de me apresentar, mano. Parei de fazer muita coisa que adorava, por um tempo. Como escrever um diário. Coisa que fiz desde pequeno. Era como eu armazenava todas as minhas piadas e os meus pensamentos, essa merda toda. Só voltei a escrever um mês atrás. Mas parei por um bom tempo. Jardinagem também. Eu costumava cuidar do jardim todo dia, cara. Todo dia! Não cuido muito agora. Ainda bem que tenho muitas suculentas. Foram as únicas que sobreviveram aos meses em que fiquei sentado em uma cadeira no quintal dos fundos, com uma mangueira na mão e fantasiando sobre como me pendurar pelo pescoço para sempre da bétula mais próxima. Árvore, sei lá, vocês entenderam. Para a minha sorte, ou das árvores, não consegui achar uma que eu quisesse fazer passar por isso. Pela minha morte, quero dizer. Acredito que a pessoa tenha que fazer um acordo com a árvore da qual vai se enforcar. Eu acredito. Um acordo. Uma coisa é se pendurar de uma viga de metal na garagem, de um forro de gesso, mas de uma porra de árvore viva? Elas são sagradas. *Sagradas.* São os organismos vivos mais antigos da Terra. Podem viver só de ar. Não morrem de velhice, só de doenças e de raios, ou de alguma merda assim. Sério, elas falam umas com as outras! Salgueiros falantes, cara. Elas alertam as outras sobre bactérias com um troço chamado fenol. É verdade! Só de olhar para elas, as pessoas se curam. É fato. É por isso que são plantadas ao redor dos hospitais, para que as pessoas possam olhar para elas. Árvores são poderosas, mano, árvores são *tão* poderosas. Então você não pode simplesmente ir lá, subir em uma, amarrar o pescoço, e pronto, normal. Não. Tem que ter um acordo com aquela árvore, se for fazer isso.

Ok, escutem, o meu tempo está acabando. Obrigado por me ouvirem hoje. Acho que quero dizer que... Quero dizer para os novatos aqui, olhem, vocês podem processar a merda de vocês da forma que quiserem. É a *sua* merda. Desde que não machuquem outros. O inferno é seu, então você decide, ok? Se está ou não pronto, a decisão é sua. É importante eu dizer o seguinte, porém: a culpa não é sua, seja lá o que tiver acontecido com você. Mas curar a sua dor é responsabilidade sua agora. Quando tomamos consciência, nos tornamos responsáveis. Além disso, a Pamela, a secretaria, faz os melhores waffles que eu já comi, ela monta uma mesa de waffles ali após cada encontro. Aproveitem."

DOIS

DOIS

3 DE ABRIL DE 2017

Hoje havia alguns caras novos no grupo. Três. O rosto de um deles eu reconheceria em qualquer lugar. Jamar. Jamar com os círculos de bronze engolindo os seus olhos. Jamar com a pele que ele não lava há semanas e com os fios pretos pintados no couro cabeludo. Jamar com o boné de beisebol virado para trás, sobre uma cabeça que já não está mais conectada ao seu corpo fino como papel, um corpo que parece estar passando fome há meses. Meu irmãozinho na vergonha. Na raiva. Ele é como eu, como um botão de dama-da-noite. Uma porra de uma merreca de botão de dama-da-noite. Eu nem precisei ouvir o sobrenome para saber quem ele era. O meu sucessor no abuso. O garoto de Albany sobre o qual eu li. O garoto que foi violentado em janeiro. Eu sei que não há muitas opções de grupos de apoio para esses lados, especialmente para homens, então não é de se surpreender que ele tenha vindo parar aqui, comigo, arruinado e fodido por toda a vida. É estranho saber que eu compartilho da mesma história de outra pessoa. Que eu partilho do fantasma dela com outro homem. Que eu estarei na mesma sala, semanalmente, com ele. Saber que ele sabe o que eu sei. As mãozinhas frias e pesadas dela. O cheiro da pele dela, como estanho e adubo apodrecendo. Horrível. Sentir o cabelo, longo cabelo arrastando como um rodo. O som dela engatinhando na minha direção. Não de quatro, mas de quatrocentos, como uma corrida de centopeias. Como um multianimal.

4 DE ABRIL

Ideia de esquete: homens fazem "toca aqui", mas têm ~~mãos mirradas~~ dedos inchados? Os dois?

Ideia de piada: saltos altos que soltam pum para palhaças (lembrar da mulher do estacionamento do Walmart)

Retornar a ligação do Jim, montar cenário no Sour Milk em dezembro

~~Um aplicativo para encontrar os melhores aplicativos?~~ Besta

5 DE ABRIL

Eu sonhei que estava no palco e abri com uma piada sobre uma epidemia de sarampo em um clube de strip. Eu repetia a piada sem parar. A mesma piada. As mesmas palavras e o mesmo final. A cada vez eu mudava o tom, adicionava sons, mudava a ênfase em algumas palavras, mas sempre as exatas mesmas palavras. O público ria toda santa vez, da mesma maneira. Fui ficando puto. Queria que eles percebessem que a piada era que eu estava contando a mesma piada muitas vezes, não a piada em si, que era idiota pra caralho. Do tipo combinação de duas coisas engraçadas. Mas eles não entendiam. Fiquei preso no ciclo de repetição. Cansado de repetir a piada. Comecei a me esgotar. Eles acharam ainda mais engraçado. A piada era eu.

6 DE ABRIL

Liguei para o Whirloch hoje. Não falava com ele há meses. Desde que perdi a paciência e bati na cara dele. Descontei no mensageiro. Ele não merecia. Mas acho que ele está acostumado, em casos em que não conseguem achar suspeitos. Eu gosto do Myles, gosto dele. Ele tem um quê de Hortelino Troca-Letras. Ele até usa um chapeuzinho de Hortelino. E é gordinho, como eu. Eu não o odeio. Eu odeio aqueles imbecis incompetentes da procuradoria distrital e os chefes do Myles. Eu culpo ELES por deixarem que mais ataques acontecessem. Por foderem com as evidências ou seja lá que porra de trabalho preguiçoso estão fazendo. Faz a porra de UM ano, três de nós fomos violentados e eles não chegaram a LUGAR ALGUM. Nada! Bom, eu liguei. Contei para ele que o Jamar tem vindo ao centro. Jamar, o pobre brotinho de flor.

Também queria me atualizar sobre a investigação. Ele disse que era bom ouvir de mim. Ainda tem muito pouco para apresentar, mas estão fazendo tudo o que podem. Também não podem falar do caso do Botão comigo, só que estão rastreando números de IP. Pergunto o que é número de IP e ele explica que é uma forma de descobrir de que computador ela conversou com ele. Como uma placa de carro de computador. Talvez isso traga mais pistas para eles. "Mais pistas". Isso parece louco para mim, já que a porra do corpo dela estava todo impregnado no meu e provavelmente no do Botão também. Eles encontraram um fio de cabelo, porém. Um fio branco extremamente longo. De quase dois metros. Mas não encontraram correspondência no banco de dados, e ficou nisso. Ela tem pulado de cidade em cidade, não tem padrão. Eu pergunto se há algo que eu possa fazer, e eles dizem que não, e eu sei que é verdade, mas ainda assim aumenta a minha ansiedade, como um ativista negro na festa de aniversário do David Duke. Como não conseguem achar esse monstro do caralho? Essa porra dessa boceta sem cor? Sem testemunhas. Sem digitais. Ele pede para eu cuidar do Botão e talvez tentar fazê-lo falar mais. Eu digo que vou tentar.

∞

Eu pergunto a Whirloch se ele pode me dizer se o ataque ao Botão foi pior do que o meu, só para eu saber com o que estou lidando. Ele só diz que sim, que de alguma maneira foi pior.

6 DE ABRIL

Maude. Maude feia. Maude medonha, revoltante, lixosa. Maude gorda, burra, vagabunda de tornozelo inchado e sacos de ovos de demônio crescendo nas gengivas. Maude com cascos. Chupadora de mijo sem dedos com uma colmeia de xoxotas entre as pernas. Maude engatinha por aí como uma aberração. Uma merdinha repulsiva de mulher. Ann Coulter com a cara da Ann Coulter sem maquiagem. Cher com tifoide. Como a vítima de um incêndio com dedos decapitados de bebês no lugar de cílios. Com hálito de peixe podre e um rastro de pelo subindo pela parte de trás das pernas e duas garras gigantes no lugar das tetas. Eu aposto que ela só come vespas e dorme em um colchão recheado com a pele arrancada de mil pintos. Maude e a ervilha pervertida. Apareça de novo, rainha de pus de cachorro. Onde você está onde diabos você está? Apareça de novo, predadora covarde. Filha de uma infecção. Cadê você, sua velha de capuz? Onde está você, sua porra Maude, o que é você?

10 DE ABRIL

O Botão sentou na minha frente hoje e só ouviu o grupo, como faz toda segunda-feira. Quieto. Pula a sua vez de falar. Eu fiz o mesmo. Não estava a fim de falar. Algumas semanas são piores que outras. Em algumas semanas, consigo me firmar sobre os meus dois pés. Em outras, renasço sem pernas. Como se sair da cama e ficar em pé nunca tivesse feito parte do meu *rempertório*. *Rempertório*? Que merda, eu não sei escrever isso. Na terapia de grupo eu ouvi o Bobby falando de raiva. Foi muito comovente. Ele citou um cara, Krishnamarty, que disse: "A raiva tem aquela característica peculiar de isolamento; como o sofrimento, ela exclui a pessoa e, ao menos por um período, todas as relações são terminadas. A raiva possui a força temporária e a vitalidade dos isolados. Há um estranho desespero na força; porque isolamento é desespero". (Eu pedi para ele ler de novo para mim depois da terapia de grupo e eu copiei palavra por palavra.)

Eu conheço o desespero. Eu o conheço há anos. Eu o introduzi à minha família e passei férias com ele. Eu discuto com ele sobre como devo tirar os pratos da lava-louças. Eu assisto à TV com ele à noite. Eu cago de manhã ao lado dele. Eu faço longas caminhadas no fim da tarde e o deixo vomitar seus pensamentos horrorosos nos meus ouvidos. Eu o levo ao médico quando ele não está se sentindo bem. Eu vou para casa com ele depois dos meus shows, especialmente depois dos bons shows. Para me lembrar de que foi só um golpe de sorte. Eu agradeço ao desespero por me manter honesto. Por nunca mentir para mim. Eu o trago para casa para um drinque. Eu trepo com ele para me sentir melhor. Eu acordo um homem amargo.

Botão estava perto da mesa de waffles depois da terapia, então fui até ele. O que diabos tenho a perder. No máximo, mando ver nuns waffles com xarope de bordo! Não está de boné hoje, mas com uma camisa do Red Sox. Número 24. Eu conheço o número. Falei para ele que morei em Boston por um tempo. Disse que o Price também é o meu jogador favorito. Perguntei se ele conhece a história do Dwight Evans. Ele responde que não. Eu conto que o Sox tinha aposentado a camisa que pertencia ao Dwight Evans... até a chegada do Price. O Price queria o número do Dewey, mas o Dewey disse que só daria permissão com uma condição: que o Price batesse o seu recorde nos *home runs*. Botão sorriu e gostou da história. Eu pergunto se ele já tinha visto o Sox jogando, ele disse que não. Eu lhe digo que eles são os melhores e que, se for vê-los, ele tem de vê-los no Fenway Park. Que é a casa deles. É o melhor estádio. Aquele estádio é o coração do corpo do beisebol. Ele agradece e trocamos um aperto de mão como caras normais. Como homens comuns.

11 DE ABRIL
KrishnaMURTI não MARTY, idiota
Comprar o livro da raiva de Krishnamurti pela internet
Encomendar adubo
Parar de beber tanto café azia
Palavras Neolatinas que eu queria registrar:
Oligarqueria: um novo jogo divertido para ditadores
Dicotautonomia: palavra fácil para a separação entre Igreja e Estado!
Emeritolstói: nunca ter de ler aquele babaca de novo
~~Alibisexual~~ bobo
Cum Laude Latte: Com honra, também idiota
Antibelicuminosidade: a glorificação de cidades destruídas pela guerra em favor do turismo
Carpe diem: pague a porra do dinheiro, ou…
~~Monolílitico~~ horrível

Jesus, é tudo trocadilho

11 DE ABRIL
Eu acabo de pesquisar várias matérias sobre Botão. Não tinha certeza se gostaria de fazer isso, mas fiquei feliz por ter feito. Myles disse que, de alguma maneira, foi pior, mas

pelo que eu li não tem jeito de isso ser verdade. Parece que o cara só teve uma noite de trepada ruim e bizarra. Jamar conversou com ela três vezes pelo site de namoro. Do tipo bate-papo ao vivo. Eles finalmente marcaram de se encontrar, mas ela disse que poderia ir para a casa dele e que o encontro podia ser lá. Que cara recusaria isso? Ela veio com uma máscara de lobo. Pelo amor da Madre Teresa, que porra é essa? Ela deu uma para ele também. Tipo um joguinho. Eles se embebedaram. Ela apagou todas as luzes e eles começaram a se pegar no sofá. Ele contou ao Whirloch que ela o mordeu e ele não gostou então ele tentou pará-la, mas ela disse pra ele calar a boca e aproveitar. Que cara recusaria isso? Então ele a deixou continuar mesmo querendo que ela parasse. Depois que terminaram ele adormeceu no sofá por alguns minutos e quando acordou ela tinha ido embora. Ele ainda estava no escuro. Quando acendeu a luz, viu sangue por todo lado. Muito sangue na sua virilha. No sofá todo e no chão. Um rastro até a porta de entrada. Mas ele não estava com dor. Então devia ser sangue dela, será?

Também diz que as marcas de mordida não foram feitas por dentes humanos.

Preciso de uma bebida.

12 DE ABRIL

Sonhei que a minha mãe estava tentando amamentar um filhote de leão. Era meio leão, meio... coisa pré-histórica. Com escamas na boca. Eu sabia que tinha de matá-lo antes de ele a matar. Ela não entendia o que ele se tornaria um dia. Queria protegê-la disso. Um sonho horroroso. Disse o meu nome ao morrer. Mamãe gritou.

15 DE ABRIL

O Sox vai jogar contra os Yankees no Fenway. Eu tenho um ódio do caralho pelos Yankees. Eles têm até marca de perfume, que porra é essa? São uns babacas chauvinistas. Bom, comprei dois ingressos. Pensando em convidar o Botão. Não sei ainda. Talvez.

17 DE ABRIL

Hoje na terapia de grupo decidi testar um novo material. Pensei que podia matar dois coelhos de uma cajadada só: testar o material e motivar o grupo ao mesmo tempo. (Leporivara? Latim para coelhos e um cajado? Talvez. Ao menos não é um trocadilho.)

∞

Botão não apareceu hoje. Espero que o garoto esteja bem.

17 DE ABRIL

Acordei às 3h15 da manhã não consegui dormir, queria um lanche então fui à cozinha e uma luz vermelha estava piscando na Coral o que é estranho porque não ouvi o telefone tocar enquanto dormia então será que tinha uma nova mensagem? Apertei o botão e ouvi o que parecia um barulho estranho. Um animal parindo ou algo assim, um uivo baixo. Talvez uma pane na frequência do telefone.

Espere. Não.

Choro. Choro de homem.

18 DE ABRIL

Não dormi muito. Falei com o Myles. Parece que o FBI se meteu na investigação agora. Jesus. Eu pergunto se é sério assim e ele diz que é bastante. Ele pergunta como estou indo. Eu digo bem. Ele pergunta sobre Botão. Eu digo que ele não foi ontem. Digo que li sobre o ataque dele e que não parecia pior do que o meu nem de longe então não entendia por que era eu que estava me esforçando para nos aproximarmos. Myles deu aquele suspiro de homem gordo dele e disse, *cá entre nós, você leu sobre todo aquele sangue que encontramos?* Eu disse *sim, o sangue da vadia.* Ele diz *não. Era de um animal. Um animal morto que encontraram no corredor. Um gato.*

Vou vomitar.

Não entendi, digo a ele. *Ela derramou o sangue de um gato morto sobre ele? Não,* ele diz. Eu digo que não estou entendendo ainda. Ele diz *sim você está.*

Digamos apenas que encontramos fluidos corporais – de Jamar – no animal morto.

Deus.

Merda.

19 DE ABRIL
Não dormi na noite passada. Não tive fome esta manhã. Quero um cigarro. E um whisky. Que Ayn Rand eu não leria por um whisky. Estou sóbrio há quase um ano e estou pensando em acabar com isso hoje. Também estou pensando em me mudar. Voltar para Santa Fé. Mas primeiro vou à Leroy Merlin comprar novas fechaduras. Vou colocar mais trancas na porta da frente e dos fundos. Um cadeado, pelo menos, para cada. E grade nas janelas. Vai levar um tempinho, mas encontrarei alguém para me ajudar. Uma arma também. Preciso comprar uma arma hoje.

19 DE ABRIL
Estava na loja comprando fechaduras, quando vi uma porção de magnólias em Jardinagem. Não sabia que já tinham florescido! E não eram magnólias quaisquer, mas azul-claras, como eu nunca tinha visto antes. Só tinha visto brancas e cor-de-rosa. Mas azuis... Como um azul-piscina empalidecido quase. Fiquei animado. Umas merdinhas azuis. Peguei algumas e alguns suprimentos e voltei para cá e comecei a adubar. O dia todo se esvaiu de mim.

Então veja isto: quando cheguei em casa tinha duas mensagens na Coral. Uma de um babaca querendo vender alguma coisa, mas a outra – veja isto – a outra era de um cara chamado Donald Ellis. Sim, aquele Donald Ellis. O pai de família que encontraram em um beco. Ele disse que achou o meu número na lista telefônica. Eu nem sabia que isso existia ainda. Ele queria saber se eu quero ir a uma manifestação que ele está organizando. Uma vigília por sobreviventes de abusos sexuais. Sobreviventes? Eu achei que fôssemos vítimas.

Eles vão se encontrar em Albany, acho. Não sei de detalhes.

∞

Já contei por que eu a chamo de "Coral"? É apelido da secretária eletrônica. Eu a chamo assim porque ela é arcaica, praticamente extinta, e seres humanos cagam pra ela. (Agora que eles têm os seus supertelefones celulares, quem precisa de linha fixa?)

Além disso, ela tem nome porque é gostoso ter alguém em casa para quem dizer oi e tchau.

20 DE ABRIL

Busquei informações sobre animais desaparecidos em Albany. Gatos, especificamente. Não muitos.

Muitas calopsitas, por alguma razão.

21 DE ABRIL

Ideia de piada: com o que caras normais batem uma punheta, se comparados com o que esquizo-estupradores batem uma. Com meias, não com atropelamentos de animais.

Não.

24 DE ABRIL

Botão voltou hoje. Pela primeira vez, ele falou para o grupo. Mais sobre o trabalho e a família. Ele faz websites. Falou da mãe branca hippie grudenta e do pai negro discreto que trabalha para o Departamento de Veículos Motores. Diz que a irmã tem sido ótima desde que tudo aconteceu. Queria ter tido um familiar assim. É graças à irmã que ele vem ao Centro de Apoio. Daí Botão conta para todos por que está ali – o que eu já sabia desde sempre. Sem detalhes, só que ele era uma das vítimas da Maude e que não queria falar sobre isso, só queria deixar isso às claras. Todos os caras emitiram expressões de apoio e assentiram com a cabeça. Vários olhos se voltaram para mim, claro. Como não? Botão fixou os olhos no chão enquanto falava. Depois da terapia, ele veio falar comigo à mesa de waffle. Meio que uma surpresa boa. Ele me disse que lera sobre a história do Evans, mas que eu tinha confundido uma parte. Evans não disse a Price que este teria de bater o seu recorde se quisesse a camisa 24, ele só tinha de ganhar o campeonato mundial. Olhe o merdinha me corrigindo! Adorei. Eu lhe digo sobre o jogo do Sox que acontecerá daqui a duas semanas e que tenho ingressos, caso ele queira ir. Boston fica a apenas 2h de carro daqui. Ele agradece, mas recusa, diz que não tem saído esses dias. Eu digo que compreendo totalmente, "acredite em mim". Eu me senti um idiota e fiquei ali em silêncio por meio segundo, que pareceu meia década, antes de pegar os meus waffles com banana e castanhas e cair fora.

24 DE ABRIL

Saí do Centro de Apoio e não conseguia me livrar de uma sensação. Dirigi para casa com Replacements no último volume e ainda assim algo não parecia ir bem. A bateria do Chris Mars em *Kiss Me on the Bus* parecia ter uma batida mais forte do que de costume, mais forte do que uma horda de corações de hienas. Ou de um bando de aves ou de qualquer diabo de coisa. Algo não vai bem, eu penso. A bateria. A bateria não vai bem. Tem muito som grave, pés demais naquele pedalinho. Ou pedais demais ou algo assim, eu não sei. Aumentei o volume e ouvi. Não está bem. Aí o ritmo não estava bom também. Fora do tempo, até. Foi aí que desliguei e me dei conta de que o som não estava vindo da música, mas do carro. Do porta-malas. Alguma coisa estava batendo lá dentro. Quem diabos está no meu porta-malas? Devo encostar? Devo esperar e ver em casa? Pensei na arma nova que está em casa e decidi pegá-la primeiro, depois abri a mala do carro. Parei na porta de casa e carreguei a pistola. Sou desajeitado pra caralho com as balas, não entendo dessas coisas. Sou puro papo e nenhum assassino.

Quem está aí, eu gritei. *Me diga o seu nome*. Bang. Bang. Bang.

Sem resposta. Eu acionei a pistola, abri o porta-malas, mirei e dei um passo para trás. Mas era só um pássaro. Um corvo. Voou para as árvores. Coração batendo rápido. Como um corvo entrou na porra do porta-malas? Imaginei que devo ter deixado aberto quando voltei da Leroy Merlin.

Fui fechar e dentro eu vi... pássaros. Mortos. Dezenas deles.

Diferentes tipos de pássaros por todo lado.

24 DE ABRIL

Não quis ficar sozinho hoje então arranjei uma companhia e a trouxe para casa. Ela, eu e o desespero temos um longo relacionamento. Peguei a mais cara que eu poderia pagar. Quanto mais cara, melhor ela trata você. Eu a trouxe e mostrei a casa para ela. Não tem muito para mostrar. A coleção de canecas racistas horrorosas que adquiri pelo país ao longo dos anos. A minha biblioteca de livros: a maioria relacionada a botânica e memórias de reis. Prefiro memórias a biografias porque não tem graça ler uma escrita acadêmica rebuscada sobre a vida de, digamos, Bill Hicks. Quem ia querer ler isso? Eu não quero ler sobre o Relentless Tour de 91 de um cara que não esteve lá. Quero ouvir de um cara que *estava* lá. Hicks não escreveu memórias, mas ainda assim. Prefiro ouvir os discos dele a ler um relato especulativo e sem alma sobre ele.

Eu mostrei a ela a minha coleção de Andy Kaufmans. Bonequinhos. Bonecos deformados de retalho e tricô. Bibelôs bizarros de Kaufman com feijões no lugar dos olhos. Um cara fez uma estátua do Kaufman usando só sachês de molho de pimenta colados. Mas não ia comprar isso e pagar pela postagem do Tennessee para cá. Uma mulher no Arizona tinha uma boia de piscina com a cara dele. Todo tipo de coisa que Andy teria provavelmente odiado com força. Ou talvez amado. Difícil dizer.

Eu a levei à cozinha e peguei dois copos. Ajudei-a a tirar o casaco marrom e o joguei no chão. Disse que ficasse à vontade. Ela insistiu em se sentar sobre o balcão da cozinha. Isso me deixou feliz. Eu lhe disse que estava deprimido pra cacete hoje. Contei sobre a terapia de grupo e que tinha falado com Botão. Sobre como voltei para casa para as minhas lindas magnólias azuis no jardim da frente, cagando folhas para todo lado. Sobre como fui convidado a me apresentar para a equipe do Jimmy Fallon. Mas algo ainda estava faltando. Há uma caverna em mim. Uma abertura fossilizada que eu não quero e não sei como fechar. Ela ficou lá ouvindo, linda. Foi bom ser ouvido assim. Sem julgamento. Aí ela disse uma palavra. "Dinamite". *O que tem dinamite,* eu perguntei e me aproximei. Ela sussurrou, *esse é o jeito de se livrar de uma caverna indesejada.* Eu sorri. *Você quer ser a minha dinamite, querida?*, eu disse e coloquei os braços ao redor dela. Eu delicadamente a desembrulhei do plástico e tirei a tampa do detonador, depois derramei as suas pernas no meu copo e a bebi até sentir o fusível acendendo.

Tão bêbado. Bêbado bebum foda o meu medo levantei levantei!

O meu nome é maudi mijo monstro de mandíbula de xana. Uso vestidos

e tenho uma ceentena de percevejos em vez de joelhos.

Vou torcer o seu estômago e estourar os seus órgãos como balões de água.

Vou fodeeeer seu fim de mundo até enterrá-lo num caixão.

Tenho 25 anos e um rosto alongado como duas cabeças de cavalo costuradas uma na

outra

e cabelo que se arrasta uma milha atrás de mim.

Há!!! Um fio de cabelo longo pra caralho, acharam eles! Dois metros de fffffiiiiuuu

Foda-se você, eu sei escrever chapado

Eu sou maudeii e tenho 38 anos e quero entrar na sua casa e quebrar

os seus dedos com as minhas asas de palha.

Ninguém sabe quantos diabos de anos eu tenho! Eu podia ser uma vampira!!!

Tenho 41 anos e sou coberta de bosta de urso e batom e falo com uma boca cheia de ratos acasalando.

Tenho a merda de cinquenta anos e odeio homens

como odeio tomar banho

como odeio lixas de unha

como odeio esportes

e sexo e caras com a inicial p.

Tenho 85 anos e sou uma ova enrugada.

Sou o clitóris analfabeto de uma sedutora.

Pegue essa frase e enfie lá, sacou, Seu Poe!

Quem é o grande poeta agora seu comedor de corvo

Meu nome é maude
e eu tenho um olho e uma lesma pra olhar
e eu tenho um lábio e um pedaço de mofo pra beijar
e eu tenho uma orelha e um morcego morto pra escutar
e eu tenho uma mão e um tentáculo de lula pra abraçar
meu nome é maude e eu vou estuprar todos os menininhos que quiser, obrigada.

Eu tenho uma arma, belo pássaro
Eu tenho uma arma agora
venha me pegar seu fantasma podre
venha me testar seu caralho de merda

Eu vou me aproximar de mansinho nas igrejas! Na casa do seu papai! Quando estiver dormindo! Regar o seu jardim pequeno vaqueiro ninguém está olhando. Não a Maudezinha, não! Estou em nenhum lugar e em todo lugar ao mesmo tempo.

Estou em lugar nenhum
bem atrás de você

TRÊS

TRÊS

1º DE MAIO

Faz um tempo que não escrevo. De propósito. Não ia escrever. Estou zangado comigo desde a semana passada. Mais do que zangado. Desesperançado. Um ano de sobriedade jogado pelo ralo. Voltei e li o que escrevi bêbado. Jesus amado. Me fez rir, mas também partiu o meu coração. Você não pode viver assim, Pear. Enterrando-se e desenterrando-se da sua própria cova. Não estava planejando escrever ou jardinar por um longo tempo, como castigo. Mas hoje, antes da terapia, Botão veio me perguntar se eu estava bem. Ele *me* perguntou isso. Eu devia estar péssimo. Eu disse que estava bem. Lidando, basicamente. Ele disse que queria tentar ir ao jogo esta semana comigo, se eu ainda tivesse um ingresso para ele. Eu tenho.

1º DE MAIO

Deixei uma mensagem para o tal Donald. Retornei a ligação dele. Eu perdi o evento dele, a tal vigília em Albany, mas é educado retornar à ligação de uma pessoa que tentou se aproximar assim. Faz parte das novas "Resoluções de Vida".

∞

As magnólias se mantiveram bonitinhas sob a minha urina inebriada da última semana, que eu acabo de descobrir que as estava cobrindo.

3 DE MAIO
Novas Resoluções de Vida do Pear
1. Não beber *sob nenhuma circunstância*. Vá para o AA se precisar.
2. Faça uma caminhada todos os dias.
3. Coma menos carne.
4. Ligar mais para saber como a minha mãe está.
5. Meditação?
6. Regatar gibis da Era do Bronze – Zap, Cerebus etc. (conectar-se com coisas divertidas de garoto)
7. Ir a um encontro. Talvez.
8. Fazer 10 flexões toda manhã.
9. Consertar o que quebrou quando eu estava bêbado: porta do quartinho, janela dos fundos, espreguiçadeira, coçador de costas, pé esquerdo do sapato.

6 DE MAIO
Que jogo! O Sox ganhou no fim da nona. Empatou na oitava com as bases lotadas a cada glorioso segundo. Não podia ter desejado um jogo melhor para um fã do Sox como Botão assistir. Primeiro fomos a um bar de ostras porque ele disse que nunca tinha experimentado ostra na vida e eu disse que acreditava ser um crime no estado de Massachusetts entrar no estádio Fenway sem nunca ter

comido o molusco. Observar alguém comendo ostra pela primeira vez é uma das melhores coisas que se pode testemunhar. O garoto cobriu com todos os molhos possíveis, depois tirou da concha, chacoalhou, colocou no prato e a CORTOU COM GARFO E FACA. Foi a melhor doideira que eu já vi na vida. Um horror. Tudo bem que eram ostras do Pacífico, do tamanho de uma sola de sapato, mas Jesus, garfo e faca?! Estou rindo agora mesmo e é quase meia-noite. Eu mostrei a ele como enfiar a meleca goela abaixo, com os líquidos e tudo. Ainda assim ele deu uma beliscadinha na ponta da concha e jogou a coisa na direção da boca. Ele também pediu molho tártaro. Eu interrompi esse pedido na mesma hora. Isso é motivo de condenação à morte por aqui, eu disse.

Depois do jogo eu dirigi de volta a Springfield, ouvindo *Matching Tie and Handkerchief,* do Monty Python, depois *Tommy*, do The Who, claro, depois *Pretty Words*, do Costello, mais e mais vezes até chegar à minha saída, desliguei o estéreo, e só ouvi os peidos distantes de uma tempestade vindoura.

7 DE MAIO

Que semana maravilhosa, aí recebi uma ligação do Bobby do grupo que me diz que eu devia comprar o *Dispatch*, isto é *Dispatch*, o jornal de circulação nacional, aí compro e lá na porra da segunda página tem a manchete "DETALHES DA ONDA DE ABUSOS SEXUAIS VIOLENTOS QUE ESTÁ ABALANDO A REGIÃO NORDESTE" com uma foto grande de ninguém menos que o Jamar Sands. Esses escrotos do caralho. Colocar uma imagem *da vítima* no jornal, como um retrato de escola ou a foto de divulgação de um ator. O sangue está fervendo agora. Alguém vazou tudo para eles. Tudo. Eles falam do gato morto e do sangue. A matéria fala do meu caso e do de Donald Ellis, que está dando algumas entrevistas para rádios, agora como forma de engajar mais a população. Eles não dão detalhes sobre os nossos casos, mas dão TODOS os detalhes do caso de Jamar. Detalhes das declarações que ele deu à polícia, inclusive a de que ele se mijou quando viu todo o sangue. Eu sei que Myles não fez isso. Myles nunca faria isso.

Eu ligo para ele e disparo palavras na orelha dele. Ele me deixa gritar por dez minutos. *Quem foi o puto que fez isso*, eu pergunto. Ele disse que está tão bravo quanto eu, que eu tinha de acreditar nele, porque isso compromete os casos dele de muitas formas. Eles estavam procurando por quem vazou as informações. Eu digo, *você sabe como Jamar está fragilizado? Você tem noção da condição em que nos encontramos?* Quando desligamos eu senti uma raiva tão impotente, uma culpa tão sem direção. Eu ligo para Botão, mas ele não atende. Eu lhe digo para ligar para mim. Ele não liga. Eu não sei o que fazer. Eu peço para ele por favor aparecer na terapia de grupo amanhã. De qualquer jeito. Eu digo que estarei lá e que comprarei cada merda de jornal do domingo em toda a porra do estado e queimarei tudo. Queimarei tudo.

7 DE MAIO

Acabo de conversar com Donald pelo telefone. Eu o parabenizei por tudo que ele está fazendo publicamente. Eu nunca conseguiria fazer essas coisas. Eu poderia fazer piada sobre fazer essas coisas, mas eu nunca poderia fazê-las de fato.

Ao telefone ele me perguntou se eu havia lido a matéria do *Dispatch* sobre Botão. "É um mar de merda, Donald, claro que li, todo mundo leu, é o *Dispatch*". Ele me perguntou como eu estava me sentindo. Honestamente, ninguém nunca me perguntou isso. Nem a polícia. Nem os médicos. Ninguém do grupo. Nem Coral. Ninguém. Então eu não sabia bem como responder. *O que você quer dizer com como estou me sentindo,* pergunto. *Você está se sentindo bem?*, ele diz. *Há algo que eu possa fazer por você?* Essas perguntas me pegam de surpresa.

Eu digo que estou bem, obrigado. *Eu estou mais para preocupado com o garoto. Não consigo contatar o garoto. Ele vai aparecer,* Donald me diz. *Ele vai aparecer e procurar você. Porque é só o que temos,* ele diz. Temos um ao outro. Ninguém mais sabe o que passamos além de nós.

Cuide-se, ele diz. Estou me cuidando, eu digo. Desligamos.

∞

Eu choro mais do que jamais chorei na vida. Choro até evaporar.

QUATRO

QUATRO

Oi, bom dia. Bom ver vocês todos aqui hoje. Especialmente o meu amigo Jamar, que viu o seu primeiro jogo do Sox na semana passada! E que belo jogo.

"Jamar, você não sabe disso, mas eu o tenho chamado de 'Botão' já faz um tempo, pelas suas costas. Um tipo de apelido. 'Botão' como o botão de dama-da-noite, que se abre à noite. Você e eu, Botão, nós só florescemos no escuro, né, meu irmão? Então obrigado por vir hoje. Quero compartilhar uma história que, vocês sabem, não é fácil de compartilhar. Eu nunca contei a ninguém, então aguentem aqui comigo...

Alguns meses atrás, eu lhes falei um pouco sobre árvores. Como a pessoa tinha de ter um acordo com a árvore antes de se matar pendurando-se nela. Então, ano passado, havia essa árvore. Uma árvore na floresta atrás da minha casa – um bordo – que era muito especial para mim e para todos da cidade. Se você mora aqui ou nos arredores, você já viu ou ouviu falar dela. Há muito tempo ela era apelidada de Maggie, como abreviação de Magnífica. Maggie era muito velha, por algum motivo muito mais velha do que os outros bordos daqui. Uma espécie muito amada e muito vivida. Os antigos proprietários da casa me disseram que enterraram três cachorros sob ela ao longo de duas gerações. E a minha vizinha, Sra. Beckett, espalhou as cinzas da mãe dela ao redor da árvore. Maggie destacava-se entre as outras árvores, como se tivesse um campo de força ou algo assim. Sabem, é estranho encontrar um *bordo* como aquele, cercado de uma população densa de outros *bordos*, mas com um diâmetro de terreno de quinze metros em volta dela, como se estivesse em sua ilha particular. Como um alvo. Isso lhe dava um brilho de luar singular à noite, e um lugar ao sol de dia.

A coisa mais espetacular a respeito de Maggie era como as outras árvores a tratavam. Elas não cresciam diretamente em direção ao céu como a maioria das árvores, não. Todas se inclinavam um pouco na sua direção. Eu não estou dando uma de poético, é para valer – um cara transformou uma foto que ele tirou dessa imagem em cartão-postal. Dá pra comprar no Mercado do Dougie. Imaginem isso: um círculo grande de árvores, todas se inclinando ligeiramente na direção da grande árvore no centro. No outono, quando as folhas ficam douradas e vermelhas e marrons, Maggie ficava de um branco puro. De verde para... branco. Não prateado – não da cor creme, cara – mas branco branco, como uma toalha de hotel. Uma vez eu vi um vento forte soprando nela, e só nela, enquanto todas as outras árvores estavam lá quietas, observando. Ela tinha uma atmosfera própria, mano. Ela era o mundo dela.

Eu estava em casa uma noite, organizando anotações para um show que ia fazer na Filadélfia, quando a campainha tocou. Eu não estava esperando ninguém. Não havia alguém lá fora, então eu saí na varanda e uma coisa bateu na minha cabeça. Eu caí duro no chão. Aconteceu assim. Em um segundo. Em um minuto você está tentando montar a lógica de uma metapiada de peido, no outro você está acordando amarrado ao aquecedor da sua casa. Eu não consegui ver nada a não ser a estampa do pano que estava sobre o meu rosto, um azul borrado que cheirava a... perfume. Perfume de mulher. Eu nunca, nunca vou me esquecer daquela porra de cheiro. Nunca. Eu conseguia ouvir a pessoa vasculhando as gavetas do meu quarto. Eu tentei falar com ela. Eu perguntei o que ela queria. Eu disse que não tinha dinheiro, nada de valor. Eu disse que era comediante, pelo amor do Jesusinho, que não tinha nada de valor, pedi que acreditasse em mim. Ela veio até o meu quarto e eu senti... a língua dela percorrendo toda a minha espinha, da base do crânio até... até lá embaixo, cara. Era isso que eu achava que era – uma língua. Gosmenta e rígida e nojenta."

∞

"Eu preciso de um minuto, gente.
Me deem um minutinho."

∞

"Eles não encontraram saliva alguma nas minhas costas, e em nenhum outro lugar, aliás. Porque não era a língua dela. Era um cabo de vassoura. Vassoura minha, lambuzada na minha própria lubrificação. Eu sei que vocês sabem o que vou dizer agora, mas eu preciso dizer em voz alta de qualquer forma, ok? Eu preciso dizer em voz alta porque ninguém aqui sabe. Ela me sodomizou com aquele cabo, uma vez atrás da outra, enquanto eu berrava por ajuda. É uma dor... é uma dor celular agora, sabem? Não é uma memória, ela vive em mim como um coração. E eu nunca vou me esquecer disso, certo? Eu nunca vou me esquecer do som do riso dela enquanto eu gritava para ela parar. Os meus olhos focados na única coisa que podiam ver: a estampa de arvorezinhas desenhadas com carinhas felizes e pássaros voando ao redor delas.

Foram dias antes de me dizerem que era um vestido que ela amarrou no meu rosto.

A porra de um vestido com passarinhos e árvores felizes.

E o som... o riso... como um trovão acelerado... como um assobio ao contrário... uma agudeza. Como um coro de mil mães. Inegavelmente feminino. Inegavelmente.

Meu amigo me achou lá na sala, vendado, com um vestido amarrado no rosto e um cabo de vassoura ainda no meu rabo – imaginam em que merda ele achou que eu estava envolvido? Ele ligou para a polícia na mesma hora. Eles vieram e me levaram para o hospital. Eu tive de ficar em pé em um consultório e tirar as roupas sobre lençóis esterilizados, para caso alguma fibra ou outras coisas caíssem do meu corpo ou das roupas. Tive de ficar ali, pelado, enquanto eles vasculhavam cada centímetro de mim com as suas luvas látex nas mãos, como se eu fosse uma amostra.

Fiquei humilhado. Tive que me inclinar para permitir que recolhessem amostras de dentro de mim. Tive de... tive de ser examinado. Tive de deixá-los colocarem os dedos no lugar que estava muito dolorido... que acabavam de ser... Ouçam. Isso parece uma piada, não parece? Não parece real, parece? Eu sei. Não me deixaram tomar banho antes de fazerem essas coisas. Tive de ficar ali e sentir o *cheiro* em *mim*. Eles estavam com pranchetas e anotavam tudo o que era possível sobre o horror do meu corpo e do estado em que se encontrava. Tiveram de fazer raios-x para ter certeza de que não havia ferimentos internos.

Eu estava fazendo uma piada sobre um especialista de piadas sobre peidos e depois estava no hospital fazendo um raio-x do meu reto.

Voltei para casa no dia seguinte um homem mudado. Eu a encontrei da exata maneira que a havia deixado no dia anterior. O meu diário ainda estava aberto sobre a mesa, intocado. A pintura descascando perto do aquecedor, onde eu tinha tentando escapar."

∞

"Digam-me como daria para um homem viver depois de uma coisa assim?

Digam-me?"

∞

"Maggie e sua magnificência tiveram um efeito diferente em mim depois disso. Vê-la já não me trazia mais alegria. Eu ia embora dessa terapia de grupo, das piadas e dos sorrisos e da merda toda, ia para casa, bebia um litro de whisky barato e saía pela floresta para vê-la. E ela só me fazia lembrar das porras das árvores felizes no vestido. Eu comecei a visitar Maggie todas as noites bêbado e mijava nela.

Vocês sabem o que eu faria com aquela vadia, se eu pudesse? Eu falava para Maggie. 'Eu quebraria cada centímetro do corpo dela. Eu cortaria todo o cabelo dela e a sufocaria com ele. Eu a dilaceraria com as próprias mãos, pelas costelas. Eu a... a estupraria de forma pior.'

Maggie nunca respondeu. Nunca deu sinal de que estava ouvindo, nem de que se importava. Eu a lembrava de que tinha sido um membro da família dela que tinha me violentado – aquela vassoura. Na minha mente bêbada e traumatizada, ela era como uma cúmplice.

Uma noite, depois de visitá-la, fui para casa e peguei a mangueira no quartinho. Lembram-se de quando eu disse que só tinha pensado nisso? Eu menti. Eu escalei Maggie e amarrei a corda no galho mais baixo, que ainda assim ficava a pelo menos uns três metros do chão. Fiz todos os nós certos e joguei meu corpo de bosta lá de cima. Estava pronto para morrer.

Nem três segundos depois, o galho se quebrou e caí ao chão, sem fôlego. Jesus, eu me senti agradecido, mas confuso também. Eu escolhi um galho bem grande, firme o suficiente para eu ficar sobre ele sem nem o fazer se curvar, então por que ele se quebrou com tudo daquele jeito? Maggie fez de propósito? Olhei para os cotovelos gigantes dela e eu juro que ela estava olhando para mim de lá de cima com piedade. Eu não conseguia chorar. Eu estava puto demais para chorar. Por que ela se meteu?

Voltei para a minha casa com uma raiva embriagada e entrei no quartinho e voltei. Peguei a minha serra elétrica. Bebi mais. Voltei e a olhei com desprezo. Gritei com ela para que parasse de me encarar. Como ela não parou, eu enfiei a serra no âmago dela. Mesmo naquele estado, eu pude sentir a floresta inteira abrindo os seus milhares de olhos e engasgando. As folhas de Maggie caíram sobre mim conforme ela chacoalhava, como mãos tentando me empurrar."

∞

"Eu acordei no dia seguinte aos seus pés. Tinha apagado ali mesmo, a serra ainda grudada nela, como uma rosa na boca do toureador. Eu só tinha conseguido atravessá-la até a metade, de tão grande que ela era. Eu fui patético a esse ponto. Eu vomitei na mesma hora. Não conseguia acreditar no que tinha feito. Ainda não consigo. Eu tirei a lâmina da madeira e ela rangeu de dor. O sangue correu pelo tronco. Eu toquei o seu suor açucarado. Eu quis me matar de novo. Eu queria acabar com o sofrimento dela e terminar o que começara, aí correr para o lado dela e deixá-la me esmagar com a queda.

Eu lera em algum lugar que você pode cuidar dos ferimentos de uma árvore como dos de um humano, então corri para casa, a minha cabeça latejando loucamente, e peguei tudo que tinha: peróxido de hidrogênio, adubo, um saco de cinzas de lareira, filme de PVC. Improvisei uma espécie de curativo, primeiro limpando e desinfetando a ferida, depois untando com uma pasta de cinza com adubo. Depois envolvi com celofane.

Naquele dia, eu parei de beber. Fui visitá-la todos os dias por semanas. A cada dia ela parecia mais fraca. Tirei o celofane dela para que a ferida respirasse. Insetos a atacaram. Algumas vezes, a chuva lavava totalmente o curativo e eu tinha de começar tudo de novo. Ela não floresceu totalmente no fim do verão. O tronco ganhou uma coloração estranha e começou a secar. Eu levava uma cadeira e me sentava lá ao lado dela e esfregava óleos nela e lhe dizia que sentia muito pelo que eu fizera.

Uma manhã eu acordei com um vento forte lá fora. Eu havia fechado todas as janelas e fechado a barraca com as ferramentas de jardinagem. Estava na cozinha quando ouvi um estrondo agudo vindo do fundo da floresta. Uma família de veados passou correndo pelo meu quintal, e as minhas janelas tremeram. Alguns segundos depois, a casa inteira tremulou. Parecia que uma nave havia penetrado a atmosfera da Terra. Eu sabia... Eu sabia, naquela hora, que Maggie partira.

Eu corri para fora para encontrar o seu longo corpo nos braços de muitas outras árvores em pé ao redor. Elas não a deixaram tocar o solo. O que eu fizera... O que eu fizera foi assassinato. O tronco exposto dela estava gotejando um fluido como se fosse uma fonte enfraquecida. A Sra. Beckett também ouvira o som e veio correndo. Quando vimos Maggie caída, ela caiu de joelhos e pôs-se a gritar.

Estou contando essa história para vocês porque todos que amavam Maggie e que cuidavam dela acreditaram que foram as rajadas de vento que lhe tiraram a vida naquele dia. Mas fui eu. Eu tirei a vida dela. Eu tirei a vida dela porque pensei que a minha vida havia sido tirada de mim. Porque eu estava bêbado. Porque estava raivoso. Porque estava estupidamente raivoso. Neandertal. Um fracote. Um covarde. Eu nunca admiti que fui eu que a derrubei. Maggie, o *Bordo Magnífico*. Mas estou admitindo agora. O corpo dela ainda está lá, suspenso a meio chão nos braços de sua família.

Como dá para continuar vivendo quando agora algo vive em você? Quando você foi invadido? Como dá para contar piada e curtir a gargalhada sem ouvir aquele riso que agora assombra todas as suas raízes? Como dá para aceitar o ar nos pulmões dos seres perenes cuja vida você tirou? Como perdoar a pessoa... a *mulher* que estuprou você, que não tem rosto para perdoar, que não tem intenção de entender, que estará em lugar nenhum para sempre e em todo lugar dentro de você pela eternidade? Como dá para se perdoar? Como aproveitar as árvores sem projetar uma enorme culpa sobre elas? Como exterminar o próprio sofrimento sem se exterminar? Como aceitar o toque? Ou continuar vida afora, uma ferida aberta, para sempre evitando um vento horrível, inevitável."

15 de maio de 2016

Sra. Broscov,

Eu me sinto obrigado a lhe escrever após aparecer no programa de sexta-feira, pois fiquei extremamente aborrecido com o que aconteceu. Vocês me prometeram que não entraríamos em detalhes sobre o ataque que sofri, e, em vez disso, conversaríamos sobre o tópico mais geral da cultura que cerca o que aconteceu comigo. Vocês imaginam como é ouvir se a minha agressora "gemeu" durante a violência em plena TV ao vivo? Ou insinuarem que eu de alguma forma deixei isso acontecer por estar bebendo em um bar sem a minha esposa depois de um dia de trabalho? Vocês podem dizer que não é isso que Melissa Hope estava insinuando, mas não insultem a minha inteligência. E me fazer perguntas profundamente pessoais como aquelas, no ar, sobre os meus filhos? Vocês me prometeram que não fariam isso. E agora eu estou aqui, de volta ao ponto zero, revivendo a experiência toda. Ferrou tudo de novo. Exauriu toda a força que eu tive até de chegar ao ponto de falar sobre isso em público.

Eu devia começar um programa meu, se é essa a maneira com que "jornalistas" se comportam. Se esse é o respeito que vocês demonstram para com sobreviventes.

Donald

16 de maio de 2016

Sr. Ellis,
Por gentileza, releia a nossa troca de mensagens. Não fiz promessa alguma.

Eu sinto muito que o senhor tenha tido uma má experiência, mas, se serve de consolo, a nossa audiência foi fantástica durante a sua aparição, e eu acredito que a sua participação, embora tenha sido difícil para o senhor, resultará em um bem maior e beneficiará todos nós a longo prazo.

Att.,
Marsha

P.S.: O senhor é tão inteligente! Um ÓTIMO porta-voz para a sua comunidade. Conte para a gente quando for contratado. Vamos querer uma entrevista exclusiva.

IV

Bem... Bem, oi, esta mensagem é para o editor do seu veículo de comunicação. Do jornal *Dispatch*. Meu... Ouçam, eu só me pergunto, Sr. Editor, eu tenho uma pergunta para o senhor. Como o senhor se sentiria? Sim... você, você... me diga, já que tem todas as respostas. Como... como o senhor se sentiria se isso acontecesse a um ente querido seu, e um jornal publicasse todos os detalhes, como o senhor fez? Como... Seu merda... Eu... Eu não consigo. Você não pode fazer isso com alguém, viu? Nós não somos coisas. Nós não somos... Meu Deus, nós estamos tentando *viver*, Morris. Você tem noção disso? O meu amigo Jamar está tentando *viver*, e você nos quer mortos. É melhor para a sua publicação se nós formos brutalizados, envergonhados, humilhados, mas... mas não só... você nos quer mortos e enterrados, não é? Quantas pás para nos enterrar você tem, seu escroto? Quantas... quantos esqueletos você tem que desenterrar?

Deixe a gente em paz, cara. Deixe o Jamar Sands *em paz*. Nós não somos... vá se foder, Morris, tchau. Só... fique longe da gente.

MU

UM

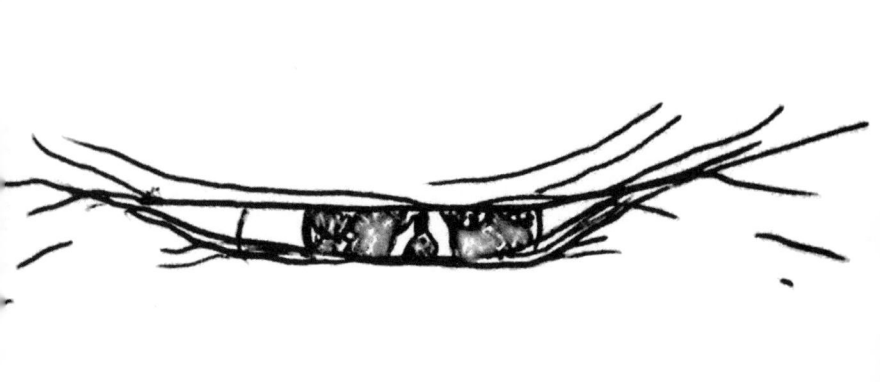

Pear continua ligando. Ele continua deixando mensagens, dizendo que pode vir me buscar. Eu não consigo atender ao telefone. Estou assistindo a reprises de *Seinfeld*, e o *Dispatch* no meu colo, o meu rosto me encarando.

∞

"Vítima."
Quem é esta pessoa? Essa vítima? Jamar.
Quem sou eu?

∞

"Uma fonte contou ao *Disptach* que o Sr. Sands foi encontrado coberto de sangue e fluidos corporais na cena do crime, mas que as autoridades afirmaram não ter localizado ferimentos abertos em seu corpo. Detetive Whirloch se recusou a comentar, declarando que se trata de uma investigação em andamento. O *Dispatch* confirmou, porém, com um amigo da vítima, que o sangue e os fluidos corporais pertenciam a um gato morto que foi encontrado do lado de fora do apartamento da vítima."

∞

"O *Dispatch* confirmou, porém."
Monstros.
Que tipo de jornal fala sobre si mesmo na terceira pessoa?
Que amigo contou isso a eles?
Quem faria uma coisa dessas?

∞

Embaixo do jornal, algo se move sob a minha camisa. Eu a levanto e olho para todas as cicatrizes na minha barriga, cometas cobertos de gelo.

Algo sai do meu umbigo. Algo fino e cor-de-rosa.
Como uma língua.
É uma língua.

∞

"Sem nenhum suspeito preso em quase um ano, Detetive Whirloch foi exonerado do caso no início desta semana. John Oretta, vice-diretor da unidade de Crimes Violentos do FBI, assumiu a investigação, divulgando uma declaração na qual se lê em um trecho: 'A CRIMINOSA SERÁ DEVIDAMENTE JULGADA, E EU ESTOU AQUI PARA FAZER COM QUE ISSO ACONTEÇA'.

É sabido que Jamar Sands conheceu a agressora no aplicativo de namoro OkCupid, no qual ela se apresenta como Maude. No início desta semana, o *Dispatch* confirmou que existe uma conta no aplicativo com o nome de usuário Maude, registrada por Maude Sands. De acordo com as nossas fontes, a conta está inativa desde janeiro deste ano, o mês no qual Jamar Sands foi vítima da violência. O FBI recusou-se a confirmar se essa foi mesmo a conta usada para atrair Sands, e se é apenas coincidência que o sobrenome da pessoa que a registrou seja Sands. O *Dispatch* tentou contatar o usuário da conta, mas não houve resposta."

∞

"Maude Sands?"
Ela usou o meu nome?
Por que ela usou o meu sobrenome?
Ela me conhece?
Meu Deus. Ela me conhece, não conhece?

∞

A língua move-se lentamente pela minha barriga, depois desaparece de novo dentro de mim.

Os músculos da minha lombar começam a se contrair.

A sala toda avermelha-se cruamente.

Eu jogo o jornal no chão e olho com horror: o buraco negro onde antes ficava o meu umbigo.

As minhas costelas cerram-se. Os dentes rangem. Mais músculos contraem-se. Contraem-se e soltam-se.

Estou flutuando em um abismo de ausência.

"*Usada para atrair Sands.*"

Eu me inclino para frente e olho para o buraco em mim.

Algo pequeno e verde brilha lá dentro.

Um olho.
Ele pisca.
Eu cubro a minha boca.
A sala fica cega, já não me vê mais nela.
Eles tentaram contatar?
Ela?
Eles tentaram entrar em contato com ela?
Tentaram falar com ela?
Por que fariam isso?
Por que diabos fariam isso?

Eu recosto-me no sofá. Dedos longos e tortos emergem do meu buraco como pernas de aranha. As unhas pintadas de vermelho. Os dedos alastram-se sobre mim. Um topo de cabeça surge. Depois a cabeça.

Está coberta de carne minha.

Está coberta do que eu sou.

Os seus pulsos apoiam-se nos meus quadris para que o corpo todo dela pegue impulso para sair de dentro de mim.

Ela fica em pé sobre mim, pingando, glaceada com a sombra dos meus órgãos. O seu rosto invisível por trás da cobertura de sangue.

Eu choro e digo que a amo.

Eu amo você.

É assim que você me ama?

Eu não a amo, mas ela me possui. Eu me quebrei. Eu sou uma posse.

Ela não diz nada. Ela puxa o cabelo para fora do buraco na minha barriga.

É mais longo que um intestino. Mais longo que um cordão umbilical.

Estou exausto. Quebrado. Preso.

Ela abre a boca e se inclina sobre a minha.

Eu entro nela. Ela me engole.

Primeiro meu rosto

depois meus ombros

depois minha bunda

depois meus pés.

Eu escorrego pela garganta dela.

O meu corpo se enrodilha e balança de um lado a outro em seu estômago quente conforme ela caminha.

Aonde você está me levando, Maude?

O que você fará comigo agora?

Estou dentro dela para sempre.

Sou o predador agora.

Sou o agressor.

Sou o poder agora.

Você vai me trancar na sua sala de bate-papo, Maude?

Posso me despedir da minha irmã primeiro?

Eu deito no corpo dela e ouço a sua respiração.

∞

Quando acordo, o jornal ainda está no meu colo. As cicatrizes ainda estão na minha barriga.

Na TV, alguém diz a Julia Louis-Dreuyfus que parece que ela viu um fantasma.

V

JOSHUA_DISPATCH: Prezada Maude, o meu nome é Joshua Greenfield, sou repórter do jornal *Dispatch*. Caso você volte a entrar nesta sua conta do OkCupid, nós adoraríamos obter uma declaração sua a respeito de sua relação com Jamar Sands, Donald Ellis ou Pear O´Sullivan. Nós gostaríamos, especialmente, de saber sobre a sua motivação. Talvez algum desses homens tenha lhe feito algum mal em algum momento? Talvez você tenha um histórico com homens violentos? Sofreu abuso sexual ou outra violência? Qualquer coisa que queira compartilhar com a gente ajudaria, e nós publicaríamos sem alterações. Ou, se há algo que queira falar confidencialmente, também estamos abertos a isso. O meu e-mail pessoal, caso não queira deixar uma declaração aqui, é joshs.s.greenfield@gmail.com. Aguardamos ansiosamente a sua resposta e agradecemos antecipadamente a sua ajuda. Atenciosamente, Joshua

<Maude está off-line.>

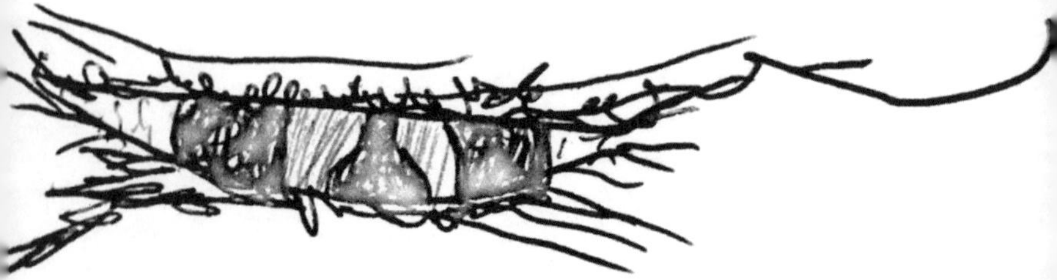

MU

UM

Você sabe quem eu sou, não sabe?
Eu sei que sim.

Qual é o seu nome?

Não se preocupe, nem precisa me dizer. Eu já sei.

Sabe, ao contrário do que você possa pensar sobre mim, e de por que está aqui, houve um tempo em que eu amava mulheres. Eu juro. Sebastian White não foi sempre uma bicha reprimida antifêmea, virando doses de Dom Pérignon navegando pelo Mediterrâneo francês no iate de algum velho rico. Ok, não fiz isso. *Ainda*. Mas sonhar é direito de toda garota. Eu sempre fui a rainha mais escandalosa do ambiente, que odeia mais do que ama. Mas não é todo mundo assim? Você está mentindo se disser que não é.

Oi? O que você está procurando aí, meu Pantene? As minhas pregas anais?

Brincadeira, eu não uso Pantene.

Jesus, já estou vendo que você não tem bom humor.

Foi só uma brincadeira!

Ok. Onde eu estava? Certo. No ódio...

Há tanta coisa para se odiar nesse mundo, não é verdade? O Islã. Os parasitas do assistencialismo. Rachel Maddow. Liberais. Sean Penn! Qualquer coisa com beterraba. Beterraba dá ânsia. Mas, mais do que tudo isso, sabe, eu odeio feministas. Só pode ser por milagre que todas as feministas dos Estados Unidos não tenham sido mortas a pedradas ainda. Estou dizendo a verdade. Feministas são poluição, defendendo uma causa – contra o quê, exatamente, ninguém minimamente sensato sabe. Elas são radicais raivosas, amargas, flácidas mascarando-se de irmãs amorosas e generosas. Feministas – e vocês, mulheres, em geral – têm uma vida fácil. *Fácil.* Deixe-me lhes mostrar. Eu não tenho medo de dizer, nem agora. Se querem conhecer a desigualdade de primeiro mundo, seja um gay adolescente em Alberta, no Canadá, nos anos 1970. *Fácil.* Vou dizer. Por natureza, mulheres precisam de algo sobre o que possam reclamar, para sentirem que são alguém. E estão sempre insatisfeitas. *Sempre.* Parafraseando John Lennon: se não acreditam em mim, olhem para quem está ao seu lado. Elas odeiam os seus empregos, a moda que vestem, o peso que têm, os maridos, os filhos, a *ausência* de filhos. Especialmente essa geração de Feministas Crônicas sem prole – um termo que *eu* cunhei – trabalhando longuíssimos expedientes como assistentes de advogados cíveis ou algo do tipo, só para reivindicar uma independência vazia, enquanto os seus namorados tornam-se sócios do escritório e pagam pelo rosé, pelos absorventes, pelos gorrinhos cor-de-rosa. Eu escrevi um artigo sobre isso para o *Guardian*. Feminismo Crônico é o fim da mulher *de verdade*. O fim de uma casa bem-cuidada, de uma boa comida caseira. O fim do casamento. O fim da amamentação, pelo amor de Deus.

Espero que você não seja feminista. Eu imagino que não deva ser. Porque você é *inteligente*.

Eu nem preciso conhecer você para saber disso.

Acho que podemos concordar que o feminismo é para os fracos, você não acha?

Posso continuar falando. Acredite, eu *posso* falar por nós dois.

Mas me deixe dizer uma coisa. Você leu as minhas colunas, certo? Bem, quando eu era mais jovem – antes de eu saber que era um homossexual fabulosamente lindo que conseguiria viver de salada e pinto para o resto da vida –, eu tive uma namorada chamada Jane. Tínhamos 16 anos. Ela era honrosamente gordinha, com um sorrisão que caía e se espalhava pelo rosto dela, como um pote de picles. Jane tinha cabelo loiro, da cor de uma xoxota de pomba, e retocava as raízes com água sanitária de lavar roupa quando não tinha dinheiro. Era louco e fantástico. Ela tinha tetas tão grandes que usávamos o decote dela para guardar drogas. Eram como o Halloween; era só enfiar a mão e achar um doce. Eu amava Jane. Nos conhecemos no acampamento em um verão e nos tornamos inseparáveis. Ela me ensinou a datilografar, a minha primeira habilidade de escrita. Ela me ensinou muitas coisas, francamente – como a costurar chiffon, que é um senhor pesadelo. Jane me ensinou a ser uma bela de uma vadia. Mas o mais importante é que Jane me ensinou – não, me mostrou – a arte do boquete, a partir da qual eu desenvolvi mais tarde outras mil variedades artísticas pelas quais eu me apaixonei: chupeta, punheta, anilíngua, plástica, golpe, emprego fácil, trabalho benfeito. Olhando em retrospecto, é óbvio que Jane era menos minha amante e mais minha cafetina, mas eu trepava com ela de todo jeito. Conforme fui ficando mais velho, fui ficando cada vez mais consciente de duas coisas: 1) eu odiava fazer sexo com ela porque 2) eu me sinto atraído por homens.

Você sabe que sou gay, certo? Não sou o seu tipo, né. Pois é...

Bem, Jane e eu namoramos por dois anos, até que eu fiz dezoito e o armário começou a me dizer "Você não pode ficar mais aqui dentro, bichona, sai daqui". Então eu terminei com ela e me assumi em um anúncio na revista do *Taki*, o meu site conservador favorito. Eu escrevi que era um gay em pele de cordeiro, cercado por um exército liberal de homossexuais infelizes que odiavam a mim e às minhas crenças, odiavam o fato de que um deles era libertário. Talvez não concordássemos sobre a reforma da imigração, eu argumentei, mas concordávamos que vaginas são nojentas.

Peço desculpas, eu sei que você tem uma, mas são mesmo.

Se você se lembra, eu escrevi que foi a minha vida sexual com Jane que me fez perceber que eu era diferente. Que eu não gostava do sexo com ela, e que eu provavelmente nunca gostaria de sexo com mulher *alguma*. Eu não usei o nome verdadeiro dela, claro, eu não sou um monstro. O artigo gerou bastante burburinho. E por que não geraria? Era original e honesto. E me separava de toda a máfia gay liberal, que é exatamente o que eu queria. Logo eu recebi ofertas para escrever para todo o mundo, do *Breitbart News* ao *Humble Libertarian*. Foi eletrizante. Escrevia ensaios, tinha colunas no *Wall Street Journal* e na *National Review*, virei comentarista da *Fox News* – e o resto é, como dizem, minha história.

Você entende, não entende? Não sou uma má pessoa. Sou uma pessoa *livre*.

Contrariamente àquela opinião, eu sou uma pessoa decente pra caramba, porque eu sou honesto. Brutalmente honesto, sim, mas, vamos e venhamos, você não acha isso incrivelmente único? Pense, você não prefere que eu diga que você é uma pessoa horrível – e você é, aliás, só veja o que você está fazendo neste momento – em vez de mentir só porque estou com medo de como você possa reagir?

Pergunte-se se algo do que eu disse até agora não é verdade.

Só estamos você e eu aqui.

Pode ser cruel. Pode ser difícil escutar.

Mas não é mentira.

Olhe, eu tive de falar sobre Jane para que os leitores entendessem melhor a minha descoberta pessoal. Era um detalhe importante na minha trajetória. Eu sempre soube que eu me sentia atraído por homens, mas não foi até eu, de fato, namorar uma mulher que eu tive *certeza absoluta* de que não fazia parte da horda hétero.

Por que você está aqui, que mal lhe pergunte? Por que está aqui? Eu sei que não pode ser aleatório. Você claramente me *escolheu*. *Especificamente*. Não estava só passando por aqui. Ou estava? Não estava. Sei que não estava. Sou o exemplar perfeito para a sua misandria. A sua inveja.

Você me odeia, não é? Odeia. Pode dizer. Eu sei que sim. Pode dizer.

Diga. Diga que me odeia.

Diga: eu odeio você, Sebastian White.

Eu amava Jane, sabe. Ainda amo. Sempre a amarei. Sei que você deve ter tido uma Jane na sua vida em algum momento, certo? Ah, vá. Todo mundo tem. Um relacionamento que acaba quando um dos dois vira um "Sensitivo Lunático", que, você sabe, foi o título do meu primeiro livro. As pessoas rebelam-se contra o seu sucesso conquistado com muito esforço quando você menos espera. A cobiça é imprevisível. Nem sempre aparece da maneira que você acha que vai aparecer. A minha experiência com ela também me ensinou que os sentimentos das pessoas vão interferir, irremediavelmente, com todo pensamento ou ação racional, se permitirmos.

Como os seus sentimentos agora. Olhe para você. Consigo até sentir!

Sinto que você está pensando com os seus *sentimentos*.

E é por isso que estou protegendo o meu intelecto e o meu ponto de vista a qualquer custo. Isso aqui. E Jane lá. E, entre nós, toda Feminista Crônica que tive de processar por difamação. Sou um provocador. Sou um "privilegiado", como todo floquinho de neve liberal gosta de bravejar. Sim, sou privilegiado. Privilegiado de dizer seja o que for que queira na porra do momento que eu quiser. Liberdade de expressão, querida. Liberdade. De. Linda. Expressão. Você nunca deve se permitir ser censurado ou silenciado por aqueles que se aborrecem facilmente, por aqueles que chamo de "Polenta Emotiva" – os intelectuais dos pobres, que foi o título do meu segundo livro, um best-seller do *New York Times*.

Tudo bem. Acho que você vai ficar sentada aí me julgando, né.

Fácil para você fazer isso, considerando a posição em que eu me encontro, separado de você da forma que estou. Considerando-se que você pode me ouvir, mas eu não posso ouvi-la. Porque você não fala.

Sabe o que isso faz você ser, queridinha? Uma covarde.

Acha que eu me importo?

Oi? Ainda está aí?

Deixei você brava com o que disse? Acha que mereço isso? Eu só queria explicar quem eu sou e dar um contexto real, sem *fake news*. Se leu sobre Sebastian White na mídia, com certeza ficou com uma impressão errada sobre quem Sebastian White é.

Você parece estar cheia de mágoa, e eu nem sei como é a sua aparência.

Mas eu posso sentir. Você está magoada comigo?

Isso é uma vingança, você vai gostar de me ver ganhando o que mereço?

Sinto que você está perto, mas não está respondendo de propósito, e agora, honestamente, agora, eu é quem estou ficando bravo.

Onde você está? Está nesse cômodo? Acabe logo com isso, puta que o pariu.

É você respirando, ou o ventilador?

Oi?

Sabe de uma coisa, eu nem ligo mais. Faça o que quiser fazer comigo, querida, eu já sofri coisa muito pior, acredite. E, quando acabar, eu terei uma história incrível da sua vingancinha patética para o meu próximo livro. Que, aliás, é um ótimo título, pensando bem.

Eu vou adorar ganhar dinheiro com você.

Eu vou adorar ver você no tribunal quando a pegarem.

Eu vou processar a sua família e os seus amigos quando isso acabar. Você sabe disso, não sabe?

Você não terá nada. Você...

VI

JAMARVEL83: Você está aí?

JAMARVEL83: Eu soube que um repórter do *Dispatch* entrou em contato com você para obter uma declaração. O que você vai dizer, Maude? Que você é um monstro? Que é doente? Que é engraçado? Vai dizer por que você fez isso? Por que fez o que fez comigo? Por que não diz para mim primeiro? Vai. Você me deve pelo menos isso.

Me diga.

Me diga.

Por favor

Me diga, sua vadia, por que fez isso comigo

<Maude está off-line.>

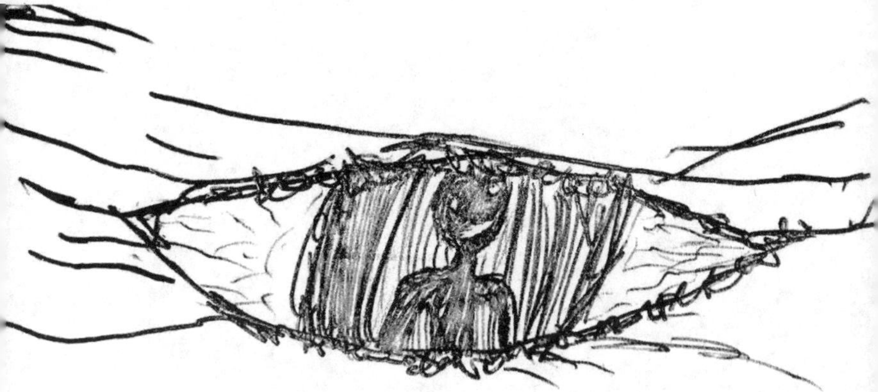

MU

UM

Boa noite, aqui é a sua apresentadora, Melissa Hope, e obrigada por me acompanhar aqui na BCN, no *talk show* de maior sucesso do horário nobre. Aqui no *Hope Show*, você fica sabendo das mais *horríveis* histórias e injustiças deste país. E o nosso destaque hoje é: Abuso. Sexual. Masculino. Outra *bomba* que abalou os Estados Unidos neste último ano. O polêmico escritor e comentarista de TV Sebastian White tornou-se a *quarta vítima* atacada pela mulher ainda não identificada, conhecida pelos investigadores apenas como Maude. Sua onda de crimes violentos contra homens parece não ter fim. Maude tem até um *fã clube*, senhoras e senhores, um grupo justiceiro na internet cujos membros se autoproclamam Maudeiros. Como vocês sabem, o nosso programa veiculou uma entrevista exclusiva com Donald Ellis alguns meses depois que ele sofreu o ataque e tem continuado a acompanhar as investigações, trazendo a vocês a cobertura completa e informações sempre atualizadas desse caso aterrorizante que ainda promete reviravoltas. Aqui comigo hoje, no Painel da Hope, nós temos Brenda Landowski, que é psicóloga forense, antiga investigadora do FBI e agora virou colaboradora aqui da BCN – seja bem-vinda à família, Brenda! Também conosco, Jennifer Sampson, advogada criminal de defesa, e Meryl Pichette, crítica especialista em redes sociais e responsável pelo blog

TudoSobreHomens.com. Brenda, vamos começar: o que diabos está acontecendo, Brenda?!

Brenda: Olhe, em todos os meus anos no FBI, acho que nunca vi um mistério assim. *Quem* está fazendo isso?!

Melissa: [*Risos*]

Brenda: Um... um criminoso que não deixa rastros...

Melissa: UMA!

Brenda: [*Risos*] Sim! "*uma!*", obrigada. *Ela* apaga as pistas incrivelmente bem. Vejam bem, são pouquíssimas as evidências físicas e serológicas deixadas, nenhuma digital, nenhuma testemunha. É difícil não se compadecer dos investigadores nesse caso, porque eles estão lutando por... por qualquer coisa que se pareça remotamente com uma pista. Se eu estivesse trabalhando nesse caso, eu me perguntaria – eu me perguntaria se estou diante de uma profissional, Melissa.

Melissa: Eu estou *arrepiada* aqui, Brenda. Então... Vamos lá, no estilo Hope: quase um ano agora. Quatro vítimas: Donald Ellis, de Watertown, estado de Nova York. Pear O'Sullivan, de Springfield, estado de Massachusetts. Jamar Sands, de Albany, estado de Nova York. E agora Sebastian White, de Westchester, também em Nova York. Aqui pertinho do nosso estúdio em Manhattan! *Completamente aterrorizante.* Sem pistas. Sem prisões. Sem suspeitos. O que o FBI pretende fazer agora?

Brenda: Bem, eles tiveram que lidar com o fato de que alguns detalhes muito perturbadores foram vazados para a imprensa...

Melissa: Sim, fale para a gente sobre isso, Brenda. Eles acharam um *fio de cabelo de dois metros*, pelo amor de Deus! Como assim?!
Brenda: Pois é!
Melissa: Eu me sinto *fisicamente enojada*. Que tipo de higiene tem essa Mulher-Coisa?
Melissa: [*Risos*] Sim, há muitas questões a serem respondidas, aliás, eu diria que *todas* as questões ainda precisam ser respondidas. Ouçam, esse fio de cabelo, ou seja lá o que for, passou por um exame de DNA e não houve correspondência alguma com o banco de dados da polícia, então imagino que os investigadores estejam bastante confusos a essa altura. Bom, é possível que eles tenham localizado uma suspeita e não estejam divulgando ainda, mas as minhas fontes não sabem de nada. É como se essa mulher simplesmente não existisse.
Melissa: E as evidências circunstanciais? Fale para a gente dos locais dos crimes.
Brenda: Eu gostaria que houvesse mais a dizer, Melissa. Tudo que sei é que o que estava ali não compromete ninguém. Não acho que tenha havido falha na investigação. Não há sinais de contaminação, ou seja, foi tudo bem preservado e isolado... É frustrante para todos os envolvidos, mas esse é um daqueles casos que vão entrar para a História, sabe?
Melissa: Vocês ouviram. Entrar para a História. E acontecendo agora. Aqui, agora, nas nossas salas de estar, senhoras e senhores. Vamos à advogada! Jennifer Sampson, venha mergulhar comigo nesse caso. Encarne a detetive que

existe em você: o que você acha desse caso específico e das circunstâncias controversas que o cercam?

Jennifer: Bom, ninguém merece ser vítima de abuso sexual, mas isso não nos leva a outra questão, Melissa?

Melissa: ... eu sabia que tinha um "mas"!

Jennifer: Sim, as pessoas não deveriam seguir o bom senso? A primeira vítima...

Melissa: ...Sim. Tipo, não estupre uma pessoa inconsciente?

Jennifer: Melissa, que juízo tem uma pessoa, homem, mulher ou seja lá o que for, que bebe a ponto... a ponto de não saber o que está se passando, de não ter consciência de onde está ou do que está fazendo, bebendo com uma mulher qualquer em um bar em vez de estar em casa com a *sua esposa* e seus *filhos*...

Melissa: Uhum...

Jennifer: Quero dizer, as pessoas não deveriam se comportar de modo a não se colocarem em uma posição vulnerável?

Melissa: Você está completamente certa, mas isso nega o fato de que ela o estuprou enquanto ele estava inconsciente?

Jennifer: Olhe, Melissa, isso é um tipo de conjectura. Eu não preciso dizer isso a vocês. Vejam, a segunda vítima, Jamar Sands, estava em uma *sala de bate-papo* on-line com essa mulher! Ele a convidou para ir à casa dele! Eles estavam bebendo e se relacionando sexualmente de forma consensual, de acordo com a própria declaração da vítima!

Melissa: Até que deixou de ser consensual.

Jennifer: Nós não sabemos disso, Melissa. Quero dizer, parece que a vítima gostava de coisas meio bizarras, usando máscaras de animais, e essa mulher, e toda aquela coisa de gato morto...

Melissa: Então agora você está dizendo que a segunda vítima foi um menino malvado, um *menino tão malvado* que precisou levar umas palmadas! Tap, tap, tap!

Jennifer: Não estou dizendo que ele foi malvado, só que *faltou bom senso...*

Melissa: Não, não, Jennifer. Deixe-me perguntar uma coisa, então. Sobre a primeira vítima, Donald Ellis. Se foi consensual, por que essa mulher fugiu e o deixou largado lá no chão, seminu, com sangue e sujeira em suas partes íntimas?

Jennifer: Eu não sei, eu não sei, mas...

Melissa: Por que ela faria isso, se foi consensual?

Jennifer: Eu não sei, mas o que eu sei é que houve uma séria falta de bom senso, ele mesmo admitiu isso, e os exames mostraram que ele tinha o dobro da quantidade de álcool no corpo...

Melissa: Não há fatores atenuantes quando se trata de abuso sexual, Jennifer. Continuando, Meryl Pichette, agora é a sua vez de abastecer o motor da Melissa Hope. A Jennifer apresentou um aspecto interessante no que diz respeito à permissão de ser penetrado – que é, para os espectadores em casa, o termo legal para o estupro de um homem, seja por uma mulher ou por outro homem. Meryl, diga-me o que os seus leitores estão dizendo e o que você tem lido nas redes sociais sobre esse caso *chocante*.

Meryl: Bem, Melissa, os nossos leitores têm certamente muito a dizer sobre isso. A palavra *Maude* foi uma das mais citadas no Twitter por três dias seguidos e é o termo mais buscado no nosso site. As pessoas estão fazendo perguntas muito pesadas.

Melissa: Sim, continue.

Meryl: Bem, muitos americanos querem saber como, literalmente *como*, exatamente, pode ter havido estupros. Quero dizer, de uma perspectiva puramente lógica, um homem não precisaria – e eu tenho de perguntar isso, com todo respeito pelas vítimas –, um homem não precisaria manter uma ereção para ser forçado a penetrar?

Melissa: Pergunta difícil, e eu parabenizo você por ir a fundo nessa questão.

Meryl: Obrigada.

Melissa: E eu não sou especialista em anatomia masculina e em como as funções corporais...

Meryl: Ah, mas eu sou, Melissa, e acredite, eu sei como funciona!

Melissa: [*Risos*] Você é hilária, Pichette!

Meryl: E há outras tantas questões, como, por exemplo, por que esses homens simplesmente não empurraram a agressora? Eles são homens, não são?

Melissa: Certo.

Meryl: Jamar Sands, por exemplo, é um cara jovem, bonitão, aparentemente forte...

Melissa: Talvez não tão forte assim...

Meryl: Sim, pois é, obviamente, e é por isso que estou tocando nesse assunto. O público americano quer saber como um cara com aquele físico, que participava de torneios de *kettlebell*, poderia ser dominado por... por uma *mulher*. E, sabe, Melissa, a questão mais difícil aqui...

Melissa: Diga

Meryl: A questão mais difícil aqui é como Jamar ficou excitado, para começar? Como isso é possível se...

Melissa: Certo.

Meryl: Se *não* foi consensual? E, pelo que ouvi, ela tinha um apelido para ele no bate-papo on-line – ela o chamava de Lobo.

Melissa: Correto, ela era chamada de Maude de acordo com a transcrição do bate-papo obtida pelo *Dispatch* no início do ano.

Meryl: Sim, Maude.

Melissa: Maude! Que nome horroroso. Quem é essa criatura?

Meryl: [*Risos*] Sim, tinha gente comentando isso no Snapchat, tipo, ela não podia ter escolhido um nome melhorzinho, não?

Jennifer: Me parece nome de tia-avó...

Melissa: [*Risos*] Sim! Maude. Tipo, *mau-de-cama!*

Jennifer: [*Risos*]

Meryl: [*Risos*]

Brenda: Mau-de-cama!

Jennifer: [*Risos*]

Melissa: E não é?! [*Risos*]

Brenda: [*Risos*] Ai, que ótimo!

Meryl: [*Risos*]

Jennifer: [*Risos*]

Brenda: [*Risos*]
Meryl: [*Risos*]
Melissa: Bom, voltando à investigação Melissa Hope, direta ao ponto. Meryl, conte para a gente: como o Twitter está reagindo a essa incerteza toda? Qual é consenso geral entre os formadores de opinião dos Estados Unidos? Como estão reagindo?

DOIS

DOIS

Alguém viu o @MelissaHopeShow hoje? #MaudeCama é golpe de gênio. Um golpe consensual, não violento.
– Daniel Tosh 315 comentários | 710 retweets | 3.5 mil curtidas

@PulitzerPrize por favour dê um prêmio para @MelissaHope por criar esse nome para a mulher que fez aquelas maldades com os caras. #MaudeCama
– Judeu Gordo 35 comentários | 170 retweets | 534 curtidas

De coração partido pelas vítimas da #MaudeCama e suas famílias, estou mandando muito amor e orações e força

– Taylor Swift 685 comentários | 56 mil retweets | 742 mil curtidas

Confusa com #MaudeCama. Por que um homem casado pai de 2 estava bebendo com uma mulher qualquer pra começar?
– Meghan McCain 229 comentários | 676 retweets | 2.5 mil curtidas

Momento de silêncio para as 4 vítimas de #MaudeCama hoje à noite no meu show no Madison Square Garden. Estou com vcs nessa luta. Vcs não estão sozinhos. Força.
– Lady Gaga 1.1 mil comentários | 38 mil retweets | 990 mil curtidas

Estou escrevendo um livro de memórias sobre a experiência de ter sido violentado por #MaudeCama. Fiquem ligados nas atualizações sobre editora, data de lançamento etc.
– Sebastian White 110.1 mil comentários | 150 mil retweets | 280.8 mil curtidas

Escritor polêmico, blogueiro e vítima da #MaudeCama Sebastian White está escrevendo um livro, e nós estamos horrorizados e, ao mesmo tempo, superansiosos.
– Jezebel 23.1 mil comentários | 86.2 mil retweets | 171.2 mil curtidas

Eu vou dar a cara a bater: homens, sintam o gostinho do seu próprio veneno. #Maudeiros
– Laura Marie 115 comentários | 610 retweets | 1.233 curtidas

Quando se trata de violência contra homens, há quem esteja falando o que muitos devem estar pensando: eles estão finalmente recebendo o que merecem. Conheça o mundo bizarro dos #Maudeiros
– Bitch magazine 64 comentários | 301 retweets | 609 curtidas

Leiam o meu artigo no *The Atlantic* sobre um culto crescente que se autodenomina Maudeiros e como gerações e mais gerações de violência e abuso contra mulheres levaram, inevitavelmente, a este momento. #MaudeCama
– Jill Fitzpatrick 115 comentários | 610 retweets | 1.233 curtidas

Esses merdinhas desses Maudeiros é a pior caça às bruxas de todas.
– Mentira Feminista 77 comentários | 324 retweets | 1.001 curtidas

Jovem drogada e estuprada no campus da universidade, autoridades à procura de um homem branco de cerca de 20 e poucos anos. Se tiver alguma informação, contate @Chicago_Police
– Chicago Tribune 1 comentário | 0 retweet | 1 curtida

O que é pior que #MaudeCama?
#LiteralmenteNadaFalandoSérioHorripilante
– Jim Gaffigan 699 comentários | 23.6 mil retweets | 232 mil curtidas

FALSO: #MaudeCama não é parte animal. Ao menos não que a gente saiba.
– Snopes 1.5 mil comentários | 44 mil retweets | 200 mil curtidas

Homens podem ser estuprados? Alguns dizem ser possível. Participe da discussão #DebateMaudeCama hoje, Facebook Live @ 23h30
– Facebook 446 mil comentários | 100K retweets | 885 mil curtidas

Sim, homens podem ser estuprados. Não há discussão #DebateMaudeCama, só estupro.
— Teen Vogue 2.9 mil comentários | 12 mil retweets | 200 mil curtidas

NÃO DÁ PRA ESTUPRAR HOMEM. Pode confiar. Num dá. Alguém aí tá mentindo. #OdioDebateMaudeCama
— Kanye West 10.9 mil comentários | 444 mil retweets | 1.1 milhão curtidas

Eu lembro que me disseram que eu ia ser estuprada porque fumava maconha
— Leah_Sky_15 0 comentários | 0 retweets | 0 curtidas

O meu novo álbum tem composições para vítimas da #MaudeCama. Doem para o meu fundo no #Kickstarter.
— Amanda Palmer 2.9 mil comentários | 8 mil retweets | 12.8K curtidas

Simon & Schuster adquire os direitos do livro de memórias de Sebastian White, *Fúria de Vingança*, por um adiantamento histórico de seis dígitos.
— Publishers Weekly 599 comentários | 1 mil retweets | 4.901 curtidas

Leia o novo conto de Jonathan Safran Foer, "Maude, Medusa do Desejo do Homem", na nossa edição de verão.
— The New Yorker 139 comentários | 123 retweets | 2 mil curtidas

Como você conta educadamente para a amiga da sua mãe (que está tentando ajudar). "Eu fui estuprada. Não me importo com quem vai dormir na minha cama".
— caats4Lyfe 1 comentário | 0 retweet | 3 curtidas

Leia o meu artigo: "O Jogo da Desigualdade: o posicionamento de Jamar Sands entre as vítimas brancas de #MaudeCama"
— Shaun King 875 comentários | 1.1 mil retweets | 321 mil curtidas

Hoje, fique bem perto das pessoas que você ama.
#MaudeCama
— Oprah Winfrey 5.8 mil comentários | 6.7 mil retweets | 321 mil curtidas

Participe do nosso painel #MaudeCama com especialistas para debater sobre o tópico controverso do estupro masculino 20h na @FoxNews
— Sean Hannity 4.6K comentários | 502 retweets | 111 mil curtidas

Homens, orem conosco pelos pecados de #MaudeCama.
— National Review 401 mil comentários | 467 mil retweets | 1.2 milhão curtidas

Vamos protestar em frente ao campus da Universidade Brown, na qual o pecador Donald Ellis falará hoje sobre violência sexual.
— Westboro Baptist Church 15 comentários | 33 retweets | 180 curtidas

Não se preocupem, estamos trabalhando duro para pegar esse monstro chamado Maude! Que nojo! Os Estados Unidos têm a melhor e mais especializada polícia!
— Presidente dos Estados Unidos, Donald J. Trump 786 mil comentários | 1/6 milhão retweets | 5.8 milhão curtidas

URGENTE: homem se apresenta como a 5ª vítima de #MaudeCama.
— Associação de Imprensa 50 mil comentários | 163 mil retweets | 1.8 milhão curtidas

Michael Parker, 46 anos, de Shelburne, Vermont, é a mais recente vítima de uma série de violências sexuais cometidas por uma mulher que ainda não foi identificada.
— BuzzFeed 1.2 mil comentários | 12K retweets | 17.4 mil curtidas

Michael Parker diz que foi violentamente agredido por #MaudeCama, mas o seu caso ainda gera dúvidas.
— CBS News 8 mil comentários | 81 mil retweets | 404 mil curtidas

Tudo que você precisa saber sobre o criminoso trans Michael Parker, antes conhecido como Michaela Parker.
— Christian Daily 36 mil comentários | 222 mil retweets | 800.1 mil curtidas

Alguém viu a ficha criminal dessa tal Michaela Parker antes de ela decidir não ser mais uma mulher? Me desculpem,

mas é uma prostitute sem lar. E a Fake News não te dirá isso!
#MaudeEstuproComPenis
— Alex Jones 199 comentários | 2.3K retweets | 4K curtidas

Transexuais são doentes da cabeça e precisam
de ajuda psicológica, não da nossa compaixão.
#MaudeEstuproComPenis
— Gavin McInnes 2 mil comentários | 12 mil retweets | 105 mil curtidas

E se Michaela Parker for Maude, a estupradora? É possível,
porque ouvi que ela tem xana e pinto
— Mike Cernovich 210 comentários | 1 mil retweets | 215 curtidas

Há um lugar no inferno para as pessoas que estão
questionando a honestidade de Michael Parker baseando-se
somente no sexo que lhe foi atribuído ao nascimento. Um lugar
marcadinho.
— Roxane Gay 444 comentários | 555 retweets | 5.6K curtidas

Maude é daquelas "Eu não vou sair hoje, só vou ficar em casa
vendo Netflix e estuprar um pouco"
— Whitney Cummings 201 comentários | 3.9 mil retweets | 9.9 mil curtidas

As notícias estão deprimindo você? Nada como exercícios
para animar! Roupas de ginástica New Fabletics com 20% de
desconto usando o código 33447DH neste domingo!

— Kate Hudson 50 mil comentários | 200 mil retweets | 5.8 mil curtidas

Você sabia que 80% das pessoas trans sofrem de doenças mentais e que 3 a cada 5 já foram internadas? #FatosImportam #MaudeCama
— Breitbart News 2.8K comentários | 133K retweets | 453K curtidas

Fontes próximas afirmam que investigadores ainda não têm pistas para o caso #MaudeCama.
— Los Angeles Times 675 comentários | 280 mil retweets | 5.8 milhões curtidas

Aumenta a pressão para encontrar mais evidências que apoiem as alegações de Michael Parker para que ele seja considerado vítima oficial de #MaudeCama.
— NBC News 7 mil comentários | 16.1 mil retweets | 31.2 mil curtidas

Liberais e conservadores não conseguem concordar nem sobre Michael Parker. Como poderiam concordar sobre a dívida nacional?
— Business Insider 210 mil comentários | 677 mil retweets | 2.3 milhões curtidas

Vítima de #MaudeCama que se tornou ativista, Donald Ellis organiza manifestação em Watertown para apoiar vítimas de violência sexual.

– New York Daily News 56 mil comentários | 145.1 mil retweets | 256 mil curtidas

Michael Parker: história controversa, narrativa ainda mais desafiadora. #MaudeCama
– Washington Post 210 mil comentários | 677 mil retweets | 2.3 milhões curtidas

Eu digo que Michael Parker não foi estuprado, podemos concordar em discordar. #MaudeCama
– Bill O'Reilly 14.2 mil comentários | 22.5 mil retweets | 156 mil curtidas

Eu tenho visto posts horríveis sobre Michael Parker. Vocês não têm nenhum senso de decência? Deixem o homem em paz.
– Ann Curry 76 comentários | 140 retweets | 210 curtidas

O bullying tem que parar. Michael Parker é uma pessoa, não um saco de pancada.
– Chris Hayes 45 comentários | 50 retweets | 176 curtidas

Temos de parar de culpar a vítima Michael Parker. Participe do debate e resista. Facebook hoje 20h #EuApoioMichael #DigaSeuNome
– Marcha das Mulheres 155 comentários | 2.3 mil retweets | 10 mil curtidas

No programa de hoje: mulheres trans que TAMBÉM foram estupradas e ninguém acreditou! Histórias chocantes! #EuApoioMichael
– The Wendy Williams Show 108 comentários | 57 retweets | 1 mil curtidas

Os melhores tweets das celebridades sobre a vítima de #MaudeCama Michael Parker
– HuffPost 26 mil comentários | 117 mil retweets | 150 mil curtidas

Horrorizada com o questionamento da honestidade de Michael Parker. Eu apoio Michael. Você apoia? #VidasTransImportam #DigamSeuNome #EuApoioMichael
– Katy Perry 210 mil comentários | 677 mil retweets | 2.3 milhões curtidas

Compre a sua camiseta "EuApoioMichael", 50% de desconto na sua próxima compra!
– Zazzle 56 comentários | 435 retweets | 553 curtidas

Katy Perry se diz "horrorizada" com o tratamento dado a Michael Parker, vítima de #MaudeCama
– Yahoo! News 33 comentários | 56 retweets | 101 curtidas

Katy Perry apoia Michael Parker em tweet comovente.
– Entertainment Weekly 176 comentários | 309 retweets | 4,9 mil curtidas

Katy Perry escreve belas palavras para Michael Parker em tweet em favor das vidas trans.
– HelloGiggles 399 comentários | 2.3 mil retweets | 66 mil curtidas

Katy Perry exibe seu novo penteado colorido em show em homenagem às vítimas trans de abusos sexuais. #MaudeCama
– Daily Mail 1.3 mil comentários | 2.8K retweets | 3.9 mil curtidas

Em entrevista exclusiva, o cabeleireiro de Katy Perry explica como a cantora envia mensagens políticas para o mundo por meio de penteados. #MaudeCama
– ABC News 340 mil comentários | 1.1 milhão retweets | 2.8 milhões curtidas

Miley Cyrus exibe nova cor de cabelo inspirada pela bandeira pansexual depois de Katy Perry aparecer com penteado em apoio aos direitos de transexuais.
– CNN 998 comentários | 1 mil retweets | 5.2 mil curtidas

5 passos fáceis para transformar o cabelo e apoiar o movimento LGBTQ com tinta spray!
#MaudeCama
– Marie Claire 1.9 mil comentários | 2.4 mil retweets | 3.3 mil curtidas

Michael Parker é razão pela qual temos de proteger as nossas crianças inocentes, em especial as meninas. Doe agora para manter os banheiros separados por sexo.

— Fundo Conservador 103 comentários | 54 retweets | 1.3 mil curtidas

Caitlyn Jenner e Jeff Foxworthy unem-se para discutir os dois lados da controvérsia relacionada a Michael Parker mediados por Wolf Blitzer hoje à noite na CNN.
— CNN 108 comentários | 57 retweets | 1 mil curtidas

Michael Parker, suposta vítima de Maude que tem gerado muita polêmica, é dado como desaparecido pelos familiares.
— New York Daily News 12 comentários | 52 retweets | 364 curtidas

Se você tem informações sobre o paradeiro de Michaela S. Parker, por favor ligue para a delegacia de polícia de Shelburne.
— Departamento de Polícia de Shelburne 0 comentários | 3 retweets | 20 curtidas

Michael Parker, vítima de #MaudeCama, encontrado morto por suposto suicídio próximo à sua casa em Shelburne, Vermont.
— Channel 3 News 22 comentários | 23 retweets | 129 curtidas

A ativista Emma Gonzalez, de Parkland, Flórida, exibe um visual militar chique para protestar contra o porte de armas.
— NBC News 254 comentários | 298 retweets | 355 curtidas

VII

MU

UM

"O inferno se abriu", eu digo para o Jimmy, que está secando um copo do outro lado do balcão do bar. O noticiário está passando na TV pendurada por cordas elásticas e antigas luzinhas de Natal, acima da cabeça dele.

"Sabe que não há mais lugar seguro, Jim."

"*Nada* é seguro."

Eu aponto para o meu copo vazio. *Mais um*. Jimmy o enche de whisky. Olhamos para a tela da TV. Um apresentador está falando de uma louca de uma estupradora de homens que não foi encontrada.

"Não acredito que já faz cinco anos que aconteceu aquela merda toda", eu digo.

"Cinco anos, já? Que louco."

"Nem imagino como deve ter sido para aqueles caras, aqueles coitados que pastaram na mão dela."

"E o coitado do pinto daquele cara, de um deles?"

"Por favor, Jimmy, nem lembre isso. Me sobre um frio no…"

"Dá pra imaginar ele ser *esfregado* até *despedaçar*…"

"Jimmy, chega. Meu saco tá contorcendo."

"Só tô dizendo, é o meu pior pesadelo."

"Ficar sem pinto?"

"Porra, cara, fala sério! Tô ficando com câimbra aqui no saco!"

"Pelo menos você *tem* saco, bestalhão!"
Eu jogo amendoim nele. Ouvimos um carro chegando.
"Espero que seja o Lewis com as minhas ferramentas."
"Ele tá vindo?"
Os faróis refletem no espelho atrás da cabeça do Jimmy. Olhamos de novo para a TV.
"Aposto que as ações de *jockstraps* subiram às alturas."
O sino sobre a porta do bar toca. Eu olho por cima do ombro para dar um esporro no Lewis. Mas é uma mulher. Sozinha. Jimmy muda de canal. Eu troco um olhar com ele. Empurro o whisky e tomo um gole de água.

dois

DOIS

"Feche os olhos e faça um desejo."

"Amor, eu estou fazendo sessenta anos e me aposentando, não seis aninhos e perdendo o dente."

"Ah, vai, faça um desejo, pela sua esposa."

"Você quer que seja para você, né?"

"Trinta anos como um dos melhores policiais do norte de Nova York…"

"Não um policial, Alice, um…"

"*Detetive!*"

"Detetive."

"Pense em tudo que você fez! Tudo que conquistou."

"Muito que eu não…"

"Faça um desejo, Sr. Whirloch."

"Detetive Whirloch."

"Detetive…"

"Sim."

"Vamos, Myles. Feche os olhos. Faça um desejo."

"Posso fazer mais de um?"

"Claro que pode, meu ursinho."

"O que você desejou?"

"Eu desejei... Eu desejei ainda poder comer comida frita. Desejei não ter esse colesterol alto. Desejei ter dado um soco na cara do Robbie Mason na quarta série. Desejei que restaurantes parem de colocar fruta na salada. Nojento. Desejei não ter perdido as plaquetas de identificação do exército do meu pai no mar, aquela vez em que fomos de férias para a Flórida. Desejei tê-lo enterrado com o crucifixo da mamãe, como ele pediu. Desejei não ter sido tão egoísta. Desejei não ter esses joanetes horríveis, parece que tem outros dedões saindo dos meus dedões. Desejei que tivéssemos tido mais um filho, Alice. Desejei ter chegado a tenente. Ter tido mais recursos à minha disposição para... para ajudar mais. Ter feito mais. Desejei esquecer algumas coisas e lembrar outras.

Desejei, um dia, capturá-la. Um dia próximo.
Desejei já tê-la capturado."

TRÊS

TRÊS

A Década da Alvorada
– por Donald Ellis

Um ano se vai. Dois. Cinco.
Cada estação sem resposta revira um mar de visões
dentro de você.
Assombrações como ondas-fantasma, quebrando
a sua mente, um nadador coxo que flutua sem chão.

Nova primavera chega,
perturbando seus sentidos,
perfurando a lama com caules pontiagudos,
enfiando vida e vivos na sua cara,
fazendo o seu coração cintilar escuridão como um pensamento lunar.

Outro ano se vai. Dois. Cinco.
O verão queima os fios da primavera,
tosta seu escalpo, sangra as feridas,
floresce um tenro, fervente desespero dentro de você.
Você força a vista a cada vulto de mulher,
seu pulso tremula, acelera nervoso
pergunta à flor da pele:
É ela?

Outro ano se vai. Dois. Cinco.
O verão aleija-se aos desmaios ondeantes do outono.
Você começa a esquecer. Todas as folhas moribundas do passado
 mergulham na terra como rastros de uma estrela.

Esfria. Acalma. Sua boca
lembra-se de escovar os dentes,
não da memória turva de sua bateria.
A dor afasta-se ao nunca separar.

Outro ano se vai. Dois. Cinco.
O inverno derruba o outono e seu corpo
torna-se uma avalanche de gelo avariado
esperando por um sol mais cruel, torto.
 Cada relógio é um tique confinado que você sofreu. O seu tempo passa
 mas as suas mãos não. Se aprendeu algo
 é que não se pode confiar na neve. Um dia, os anjos feitos por sua filha.
 No outro, as pegadas da predadora.

Você lasca.
Será que vão prendê-la.
Vê uma sombra movendo-se no rio

Inverno, é ela?

VIII

MU

UM

Boa tarde, sou Donald Ellis, e você está ouvindo o *Ellis Show*, o programa de rádio número um das tardes americanas, aqui, na SiriusXM. Obrigado a todos vocês, nossos ouvintes e heróis. Graças a ouvintes como vocês, nós temos conseguido identificar e prender criminosos por quase uma década, assim como ajudar aqueles que nos ligam para compartilhar as suas histórias dolorosas. Tenho a honra de dizer que, ao longo dos últimos oito anos, conseguimos ajudar as autoridades a capturar mais de 460 acusados de crimes sexuais violentos. Eu fui apenas o mediador para essas prisões, senhoras e senhores, mas vocês – *vocês* – são quem fizeram o trabalho duro. Vocês foram os olhos e os ouvidos do nosso país, prestando atenção ao seu redor e entregando à justiça aqueles que desejam ferir os outros. Tenho dito desde o primeiro dia do programa e repito: Cidadãos. Americanos. Fazem. A. Diferença. Não eu. Não os investigadores. Não os advogados. Não os promotores. Não os burocratas. Não os legisladores. Vocês, o povo. *Vocês* é quem têm poder. São vocês que conhecem as suas comunidades, que sabem quando algo está errado. Eu acredito, de todo o coração que, se alguém estivesse lá na noite em que sofri a violência – uma testemunha –, a agressão nunca teria acontecido. Ou, se tivesse, a agressora teria sido pega. Mas eles nunca conseguiram encontrá-la, não é? Não, não conseguiram. Nunca nem mesmo a identificaram. Ela ainda está por aí, uma criminosa do pior nível, inativa no momento.

E, falando daquela noite horrível... Eu gostaria de parar um pouco para dizer – para lhes dizer – que hoje é um dia muito importante para mim e para a minha família. Muito importante. E, por causa disso, este será um programa especial para vocês, ouvintes. Eu espero. Faz exatamente dez anos hoje que, em dois de março de 2016, eu fui violentamente agredido e deixado para – não sei, morrer? – em um beco. Exatamente hoje.

Por muito tempo, eu não conseguia falar sobre aquela experiência. Não conseguia falar nada. Eu vivia em um estado de morte, um limbo entre o passado de quem eu havia sido e o futuro do que eu viria a ser. Eu tentei voltar a dar aula. Tentei voltar para casa, para a minha vida com a minha mulher e com os meus filhos. Voltar ao normal. Mas o meu mundo se perdeu – se perdeu para sempre. Eu me sentia como um sol eternamente se pondo. É a única forma de descrever para vocês como eu me sentia. Um sentimento de crepúsculo sem fim. Tudo que fazia, tudo que dizia, tudo que via, era o anoitecer. A minha vida inteira tornou-se um cair da noite iminente. A minha existência era só uma luz fugidia, suspensa no lusco-fusco. Parei de dar aula por recomendação do médico e da minha mulher. Ela cuidou de mim por anos depois disso. Até eu conseguir ser independente novamente. Até eu conseguir aprender minimamente a viver nesse purgatório de sombras – não morto, mas também não vivo.

E, como se a dor do que acontecera comigo já não fosse o suficiente... Como se a vergonha e a culpa e os pedaços do meu corpo violentado já não fossem lembretes constantes, a minha mulher e eu recebemos muitas cartas de ódio – ameaças de morte, até – de pessoas do país inteiro, por meses. Eu estava "pedindo pra isso acontecer", escreviam. Eu era um merda. Um mentiroso, um pecador, um mulherzinha, um canalha, uma putinha, um fraco, um maricas, um banana, uma bicha, um sem-pinto. Diziam que eu era um mau representante da classe masculina, ou que a minha mulher devia me largar, ou que eu deveria dar os meus filhos para adoção, ou, ainda, que eu deveria me matar para que o meu filho não tivesse que crescer sabendo que o pai dele é um "covarde sem pau". Essa é uma citação direta. Tivemos de nos mudar para outra cidade. Os meus filhos tiveram de sair das suas escolas. O bullying... Era de uma crueldade que eu não desejo para ninguém. Era de uma crueldade que eu nunca esquecerei.

Acabava comigo, sabem? Acabava comigo.

No fim, eu encontrei um propósito para viver. Encontrei uma *maneira* de viver. Quanto mais eu conversava sobre o que tinha acontecido – colocando em palavras as ações daquela mulher –, mais eu encontrava um pouco de paz. Por causa da atenção nacional que o meu caso gerou, de repente eu me vi diante de um público, em uma posição da qual eu poderia falar com o grande público sobre as coisas que mais importam. E o que mais importa são aqueles que não têm voz.

Vocês sabem o que assassinato, assalto, raptos, sequestros e estupros têm em comum? São todos considerados crimes violentos. Mas apenas um desses é um crime profundamente íntimo. Apenas um coloca a culpa na vítima. Vocês sabiam que um a cada dezesseis homens nos Estados Unidos foi estuprado? E esses são apenas os que denunciaram. Sabem o time de basquete no qual vocês jogam depois do trabalho? Aquela festa de aniversário à qual foram na noite passada? Sabem aquela reunião de conselho de hoje de manhã? Sabe o cinema ao qual foram no fim de semana? Ou a lanchonete na qual estão neste momento, escutando o meu programa com fones de ouvido? Há uma chance de quase 100% de que ao menos uma pessoa nesse lugar, uma pessoa na reunião ou no cinema, tenha sofrido abuso sexual. Aproximadamente 68% dos crimes sexuais não são denunciados; de acordo com a RAINN, estupro é o crime violento *menos* denunciado. E, quando é denunciado, as vítimas são culpabilizadas e humilhadas. Ou nem se acredita nelas. Ou silenciadas. Castigadas. Ou os estupradores nem são processados.

Sabem quantos materiais colhidos de vítimas de estupro estão mofando nas prateleiras das delegacias nos Estados Unidos, esperando avaliação? *Cheios* de evidências? Dez mil em Cleveland. Quatro mil em Ohio. Quatro mil em Illinois. Onze mil só em Detroit. *Vinte mil* no estado do Texas. Mais de setenta mil no total, que a gente saiba.

Apenas seis estados têm leis que exigem que os materiais sejam enviados para a perícia. *Seis. Estados.* Então por que as vítimas denunciariam, diante de estatísticas como essa? Quando sabem que não serão uma prioridade? Quando veem que encontrar e acusar formalmente um agressor sexual não está na lista de afazeres da Justiça?

É por isso que eu falo, senhoras e senhores. Por isso que eu luto. Por isso que o trabalho que fazemos aqui é importante.

∞

Temos algo muito especial para vocês hoje. Que me enche de esperança, de alegria e, também, é claro, de ansiedade. Temos um convidado muito especial no nosso programa de hoje: Jamar Sands. Vocês podem já ter ouvido o nome dele. Jamar, se vocês lembram, também foi uma vítima de Maude, quase uma década atrás. Ele e eu nos tornamos conhecidos um do outro ao longo dos anos, mas esta é a primeira vez em que falaremos publicamente juntos. É importante para nós dois manter essa história viva. Enquanto aquela mulher estiver à solta, nós não desistiremos.

Então fiquem com a gente, estaremos de volta logo após o intervalo.

DOIS

DOIS

Ninguém quer ouvir sobre o início. Querem ouvir sobre o meio e o final. E, embora eu não possa lhes dizer como será o final ainda, posso lhes contar sobre o meio.

∞

A minha irmã, Jen, estava esmurrando a janela, gritando o meu nome. *Jamar, abra a porra da porta,* ela dizia. Eu não podia abrir a merda da porta porque não conseguia me levantar. Um dos lados ruins de se morar em uma cidade pequena é que todo mundo conhece todo mundo, então claro que a mina de quem comprei giletes no mercadinho era a Courtney, que tinha dividido casa com a Jen na Faculdade de Saint Rose. Abra a porra da porta agora, ou eu vou quebrar essa merda desse vidro, ela gritou.

∞

Deixe-me voltar um pouco. Para o início do meio. Eu sinto que não consigo justificar o fim do meio, e certamente nem o início do fim, a menos que eu conte sobre o início do meio primeiro.

Fazia exatamente duas semanas desde que a polícia tinha vindo e ido embora. O carinha do FBI tinha vindo e ido embora. A minha família tinha vindo, e eu queria que tivesse ido. Eu estava sentado sozinho na cozinha com uma laranja descascada no prato. Coma, cara. Coma. Mas essa laranja, essa laranja parecia diferente das outras laranjas. Das outras comidas. Todas as pelinhas brancas soltando, como os pelos púbicos de um albino ou sei lá. De uma mulher albina. *Mulher.* A palavra tinha gosto de abandono. E a textura daquela laranja, quando a toquei, era tão... humana e áspera. É como eu imaginei que nós éramos por debaixo da pele. Ásperos. Nem um pouco moles. Tudo debaixo da pele tem nome meio mole, sabe? Glândula. Músculo. Tecidos *moles*. Mas aposto que debaixo da pele não é tão mole assim. Tipo, não só ossos, mas também cartilagem e tendões. Não somos moles por dentro. Eu acho que as pessoas acham que, porque o interior do corpo é gosmento, ele também é mole.

As minhas palmas estavam suando. Não conseguia sentir os pés. A porra da laranja. Ali, na minha frente, exposta, sem pele. Eu conseguia senti-la expondo a sua polpa. Seria tão fácil tocá-la. Eu poderia enfiar os dedões na barriga dela e arregaçá-lo se quisesse. E foi o que fiz. O som dela se desfazendo, como uma folha de papel rasgada ou uma exalação forte, foi o suficiente para me nausear. Todos os pedacinhos de papel espalhados, arrancados do corpo no prato. Eu me lembrei das minhas roupas arrancadas do meu corpo, espalhadas no chão. Ela se moveu sobre mim, aquela vadia. A memória era tão forte. Eu desmaiei ali mesmo. Desmaiei e caí no chão.

Por semanas, eu não conseguia comer nada que tivesse casca. Não contei a ninguém sobre isso. As pessoas comendo banana em público me davam náuseas. Logo, qualquer coisa que precisasse ser descascada me fazia passar mal. Milho, camarão, grão-de-bico, alguns tipos de alface. No momento em que eu pensava que teria de arrancar uma camada, puxar alguma pele, pronto. Lá ia eu vomitar no banheiro público, ou ficava no meu carro, esperando me acalmar.

Eu preciso consertar esse problema que estou tendo com comida, eu me dizia. Tive a ideia de que eu poderia simplesmente parar de comer essas coisas. Eu tinha o completo direito de fazer isso, sem me questionar ou me desesperar toda vez que a minha mãe me oferecia um coitado de um abacate escalpado. Eu podia simplesmente dizer não. "A mente é a senhora e o corpo é o criado". Lema 101 do kettlebell. Então eu tomei a decisão consciente de me disciplinar da maneira que disciplinava os meus treinos. A mente manda na matéria. Uma vez que me dei essa permissão, a náusea, a ansiedade – a raiva de sentir que estava perdendo o controle – acabaram. Tudo ficou muito mais claro. Os meus shakes proteicos não precisavam de banana, aliás, nem de qualquer outra fruta. Quase todas as frutas têm casca. E precisei abandonar o leite de amêndoas também, porque amêndoas têm casca. E, claro, pela mesma lógica, abandonei o espinafre. O espinafre vem de uma planta com flores, ou seja, muitas camadas, se pararmos para pensar. Pétalas. Folhas. Tive de abandonar tudo isso.

Além disso, eu li em algum lugar que os cientistas estavam tentando transformar espinafre em tecido para o coração humano, um tecido capaz de *bater*. Eu não ia comer uma coisa dessas. Nem morto eu ia comer uma coisa dessas. Eu comecei a investigar outras plantas também, outros vegetais. Couve, por exemplo. Quando comecei a pesquisar, mal pude acreditar no que encontrei. A couve faz parte da família dos repolhos, e do repolho florescem essas lindas flores brancas e amarelas, e as folhas de repolho protegem essas inflorescências como se fosse – vocês adivinharam – um tipo de pele. Então abandonei a couve também. Repolho, nem pensar. Salsinha, alface romana, radicchio, folhas de mostarda, rúcula, endívia, acelga. Tudo. Tudo que era folha. *Como alguém bom da cabeça consegue comer algo que tenha folhas,* eu pensava. Folhas fazem parte de um sistema vascular que alimenta a planta ou a flor, seja protegendo-as do exterior ou absorvendo a luz do sol e o oxigênio. *Peles.* Em todo lugar, eu via pele.

O que há de comestível que não tenha pele, eu me perguntava. Nem é preciso dizer que todas as carnes e peixes estavam fora. Oleaginosas também. Feijões crescem em vagens. Queijo tem casca. Ostras têm conchas. Tomate sem pele é tomate *pelado*.

Os próximos meses foram preenchidos por uma felicidade recém-adquirida e um senso de propósito, de um tipo que nunca tinha experimentado antes. Ao limpar o meu corpo, eu estava limpando o trauma que vivi. Todos os pensamentos sobre o que havia acontecido foram substituídos por um entendimento recém-descoberto do mundo e do meu lugar nele. Eu não conseguia acreditar no que já havia colocado no corpo um dia. A crueldade. As pessoas ficaram contentes de ver como eu rapidamente me restabeleci, embora não soubessem como nem por quê. Nunca perguntavam. Mas, se tivessem perguntado, eu teria dito: "O sucesso é a soma de todos os esforços e da repetição deles todos os dias". Eu voltei ao treino de kettlebell e mantive a minha maneira saudável de comer. Eu abri algumas exceções com relação a condimentos. Mostarda, por exemplo, era ótima de comer. Sim, a mostarda é uma planta com folhas e flores, mas a semente não precisa ser descascada, sacou? Então tudo bem. O ketchup, por outro lado... Ketchup vem do tomate, e tomates têm pele. Então eu me permitia algumas pequenas exceções. De almoço, eu podia comer quantas colheres de mostarda eu quisesse, mas só uma colher de ketchup por dia. E queijo cottage também podia, acredite ou não, embora as minhas porções fossem bem pequenas no caso dele. Só para caso eu descobrisse alguma informação sobre o coalho. Cacto tudo bem também, porque os cactos têm flores, mas não têm folhas. Então, como podem ver, eu abria exceções aqui e ali. Não era totalmente rígido. E pão era seguro, embora eu não quisesse comer muito pão. Um almoço típico era assim: meia xícara de queijo cottage, meia fatia de pão, três colheres de sopa de mostarda e uma colher de chá de ketchup, que eu enfiava direto na boca somente depois de ter engolido as comidas SPeS. As comidas SPeS são "Sem Pele e Seguras". Uma maneira rápida de identificá-las.

Eu comecei a notar uma grande transformação no meu corpo. No bom sentido, eu achava. Eu estava perdendo a gordura corporal e me tornando mais tonificado. Eu costumava ser bombado, mas não queria ser mais bombado. Queria ser tonificado. Queria ser magro e forte.

A minha irmã foi ficando muito desconfiada. Ela saía mais cedo do trabalho e vinha de surpresa à minha casa com a minha comida favorita. O que costumava ser a minha comida preferida. Mas a minha irmã sabia que eu nunca gostei de surpresas. Eu dizia a ela que já tinha comido. *Estou preocupada com você*, ela dizia. E me deu um panfleto. De uma terapia em grupo para homens da cidade. Com foco em trauma e estresse pós-traumático. Eu agradeci e disse que iria dar uma olhada. Mas eu nunca faria isso. Nem morto, cara. E, olhando hoje em retrospecto, e conhecendo a minha irmã, ela sabia que eu não iria. Então ela continuou de olho em mim. Vindo diariamente.

Jen é a minha irmã quase seis anos mais velha e sempre fora superindependente. Ela era a roqueira da escola, pela qual todos os meus amigos babavam. Tem cabelo preto cacheado e olhos verdes. Olhos verdes vêm do lado da minha mãe da família, o cabelo, do meu pai. Porque somos miscigenados – família haitiana por parte de pai e irlandesa por parte de mãe –, a Jen tem uma aparência que alguns babacas chamariam de "exótica". Quando era adolescente, eu tinha um ódio fodido disso. Quando os caras a chamavam disso. *Chame a minha irmã de "exótica" de novo, seu cuzão, eu quebro a sua boca.* Jen sabia se defender, porém, e não precisava de mim para ser o irmãozinho enfezado dela. Eu tentava, mas era sempre o contrário. Era ela que cuidava de mim. Sempre.

Eu acabei cedendo e comi o jantar que a Jen me trouxe quando já não tinha mais desculpas para dar e fiquei com medo da minha mãe perceber algo. Mas não sem consequências autoimpostas. Depois que ela ia embora, eu entrava em pânico. Uma náusea que tomava o meu corpo todo. Como se eu tivesse sido envenenado por ter comido aquele lixo. Eu sabia que tinha de arrancar de dentro de mim, mas eu odiava vomitar. Realmente odiava. Então fui ao banheiro e peguei a gilete. Eu estava suando, e minha visão ficou turva. Fiz um pequeno corte na barriga. Só um pequeno corte. Na hora em que vi o sangue escorrendo para fora, me acalmei. Eu conseguia ver o veneno saindo de mim. Eu quase conseguia vê-lo saindo de mim. Foi a primeira vez em que senti alívio depois de muito tempo. Essa passou a ser a solução perfeita para os jantares com a minha irmã. Também me permitiu voltar a comer com amigos. Voltar a sair. Eu podia comer as SPeS como eu comia normalmente, mas, se fosse obrigado a comer comidas não SPeS, como quando alguém pedia uma porção para a mesa inteira e eu não queria parecer fresco, eu podia até comer um pouco e depois me livrar do veneno mais tarde. Não eram cortes profundos os que eu fazia na barriga. Cortezinhos apenas. Suficientes para que a contaminação fosse eliminada, mas não para eu ir parar no hospital nem nada assim. A minha declaração preferida do

Dwayne Johnson sobre treinos é "É você contra você". Ou seja, você mesmo é o seu único obstáculo. Você é o único contra o qual deve lutar. Então eu fiquei mais rígido com a minha dieta SPeS quando não estava com familiares e amigos – quando não tinha de representar um papel para eles. Cortei o queijo cottage e outros itens SPeS que eu costumava me permitir comer. Bebia toneladas de água. Mais do que nunca. Água era muito segura.

Eu sentia que, se eu não tirasse o veneno de mim, ele poderia aparecer. Se eu parasse de cuidar da minha saúde e do que eu colocava no meu corpo, ela poderia aparecer. Se eu comesse muito, ela poderia aparecer. Se eu parasse de malhar, ela poderia aparecer. Se eu tomasse menos água do que deveria no dia, ela poderia aparecer. Ela poderia aparecer. Ela poderia aparecer. Ela iria aparecer.

∞

Até que, um dia, ela apareceu.

∞

Eu não comia havia dois dias. Estava vivendo de água e mostarda. Estava ótimo, eu pensava. Eu contra mim, e eu estava ganhando. De manhã, eu me levantava e fazia cem agachamentos, não interessando o quanto o corte fresco na minha barriga doesse. No espelho, as pequenas cicatrizes nadavam pelas minhas costelas, e as minhas costelas nadavam por seja lá o que estivesse por baixo, e eu me sentia seguro. Eu estava desaparecendo daqui deste mundo, o que, de alguma forma, significava que eu estava aparecendo em outro lugar. Eu era inteiro em outro lugar. Eu era livre em outro lugar. Essa ideia era reconfortante. O meu eu paralelo nunca havia sido estuprado. Nunca havia sido tocado. Nunca havia sido obscenamente violentado. O meu eu paralelo não tinha limites. Ainda podia tomar sol. O meu eu paralelo tinha um futuro que não poderia ser obscurecido pelo seu passado.

Eu fui para o computador para trabalhar, abri a minha antiga conta do OkCupid, olhei a minha lista de contatos e vi o dela lá, off-line. Eu fazia isso às vezes – verificava para ver se ela estava por ali. Eu nunca contei isso a ninguém, porém. Eu entrava no site apenas para… *olhar*. Olhar para o nome na tela. Maude. Maude. Sempre estava off-line, mas lá estava ela, de qualquer jeito. Lá estava ela, tão perto, como se estivesse do outro lado da porta, esperando por mim.

Ela não bateu à porta naquela noite em que nos encontramos. Ela me disse pelo bate-papo on-line que ela chegaria aqui à meia-noite em ponto, e que era só eu abrir a porta exatamente a 00h. *Apague todas as luzes*, ela disse. Vamos brincar.

A luz do prédio de apartamento estava forte atrás dela quando abri a porta.

Havia a silhueta de uma máscara. Uma máscara de lobo.

Ela estava carregando uma sacola plástica. Achei que consegui ver as unhas dela.

Eram unhas ou ossos.

Ela entrou mais rapidamente do que o vento e fechou a porta.

Ficamos no escuro o tempo todo.

Ela pressionou o dedo contra a minha boca. Silêncio.

Não falamos. Eu havia sido ordenado a não falar.

Comemos em silêncio.

Ela abriu uma garrafa de bebida alcoólica, em silêncio.

Ela colocou a minha mão sobre o aparelho de som, em silêncio.

Dançamos rock clássico, em silêncio.

Ela me levou ao banheiro.

Ela preparou um banho.

Ela me lavou.

No escuro.

O silêncio.

A boca dela foi a mais macia que já senti. Mas o rosto dela, o rosto dela era como uma casca grossa. Como uma ponte de ferro. Como se estivesse coberto por algo espesso. Uma segunda pele.

Pele.

Podemos acender as luzes? Quero ver você.

Você não quer me ver, Lobo, você quer me sentir.
Você quer me sentir, não quer.

A voz dela nem estava no ambiente.

A voz dela estava vindo de dentro de mim.

As mãos dela seguraram os meus pulsos para baixo. Ela começou a zunir. O mundo vibrou. As mãos dela eram fortes e frias e me seguravam contra o sofá com facilidade.

Deixe-me, Lobo. Deixe que eu faço.

Não, espere, eu quero acender as luzes. Por favor, não.

Mas continuou.
E eu deixei.
Eu deixei.

∞

A minha irmã, Jen, estava esmurrando a janela, gritando o meu nome. *Jamar, abra a porra da porta,* ela dizia. Eu não podia abrir a merda da porta porque eu não conseguia me levantar. Eu tinha cortado a minha barriga com uma gilete, das costas até a parte da frente do corpo, o mais longe que eu conseguiria cortar. Eu havia me descascado. Como uma laranja. Não profundamente, mas o suficiente para tirar o veneno. Para tirar a *voz* dela.

Horas antes, eu havia lido que ela tinha estuprado outro homem. O nome dele era Sebastian.

Não havia detalhes, mas eu não precisava dos detalhes. Eu sabia que, seja lá o que ela tivesse feito, ela tinha feito de maneira tenebrosa. Eu imaginei o pior. Ela enfiou objetos nele e o fez adivinhar quais eram. Ela derramou urina animal na boca dele e o fez adivinhar. Ela não o deixou olhar para ela. Ela riu e o chamou de bebê chorão. Ela grunhiu quando gozou, como um porco no abatedouro. Ela foi embora, como se só tivesse vindo emprestar uma xícara de açúcar. Como se não tivesse tirado a vida dele e o deixado quase não vivo.

Eu estava pronto para morrer quando a minha irmã quebrou o vidro para entrar.

TRÊS

TRÊS

"Ouvinte, você está no ar."

"Oi, Donald, o meu nome é Nathan, estou ligando de Oklahoma. Nathan sem sobrenome, se puder ser assim."

"Olá, Nathan, obrigado por ligar. Qual é a sua pergunta?"

"Não é uma pergunta, na verdade. Eu só queria agradecer a você e ao Jamar, que acabou de aparecer no seu programa. Vocês me deram esperança. Ouvi-lo sobre como ele se recuperou, e como a irmã dele o encontrou lá, sabe? Quase morto daquele jeito no sofá, com a barriga aberta. Meu Deus, que tristeza. Mas a parte que veio depois, quando ela conseguiu levá-lo ao hospital a tempo e salvar a vida dele, e como o levou para a terapia de grupo, e aí ele ficou amigo daquele outro cara – o cara de nome engraçado –, é uma coisa muito boa. É muito bom ter um final feliz como esse. Uma coisa linda. Me fez chorar. E é uma escolha, sabe? Viver. Como o rapaz disse. Assim como morrer pode ser uma escolha. E eu consegui me identificar com essa coisa de viver com raiva e tal. Que tudo bem nunca aceitar o que acontecer, não encontrar uma solução, mas, ainda assim, continuar vivendo uma vida paralela e feliz. Uma vida ao lado das coisas que não conseguimos perdoar. Eu gostei muito disso. Eu consegui me identificar."

"De fato, Nathan, é uma escolha. Obrigado pela sua ligação. Vamos lá, próxima chamada. Você está ao vivo no *Ellis Show*."

"Nancy de San Francisco, Califórnia."

"Oi, Nancy! Como está a neblina aí hoje?"

"Mais fria que uma teta de bruxa, como dizem por aqui, Don! Mais fria que uma teta de bruxa, haha! Bom, olhe… Nossa, Donald, eu não acredito que estou ao vivo com você! Sou sua grande fã e ouço o programa há cinco anos e, embora nunca tenha telefonado antes, hoje eu tive que ligar para dizer o quanto essa entrevista foi maravilhosa. Uau. Muito forte. Eu estava dirigindo pela ponte Golden Gate em um trânsito horroroso quando Jamar Sands falou do casamento dele, com o Sr. O'Sullivan como padrinho… Eu estava aqui no carro, parada no congestionamento, e fiquei… O sol estava se pondo como sempre, lá ao longe da ponte, e eu comecei a chorar, sabe? Me fez pensar, Sr. Ellis. Me fez pensar muito."

"Conte para a gente, Nancy. Sobre o quê?"

"Bom, eu sou mãe de três meninos adultos agora – todos bem-sucedidos, preciso dizer! Sou uma mamãe coruja! Mas ouvir Jamar Sands me fez pensar na maneira como eu contribuo. Tanto no bom quanto no mau sentido. Eu me dei conta, mais do que nunca, de que precisamos lutar para proteger os nossos filhos, não apenas de criminosos, mas também da sociedade e da cultura que também é meio predatória, não é? Essa mulher cometeu esses crimes, e nós os divulgamos. Ganhamos dinheiro com isso.

Exploramos para ganhar audiência, para escrever matérias, com memes e GIFs e posts e tudo mais. Nós nos deixamos levar pelo fluxo. Mostramos as fotos na TV, ao vivo. Criamos hashtags engraçadinhas. Encontramos maneiras de nos absolver da responsabilidade, ou dizemos que ajudamos compartilhando um post ou algo assim. Ajudamos porque mencionamos a injustiça para o nosso vizinho e lamentamos juntos. Ajudamos porque pintamos uma placa. Mas... Eu olho para os meus filhos e penso, e se isso tivesse acontecido com eles? Ou, pior... E se um deles tivesse feito isso a alguém? Eu me dei conta de que o meu trabalho de mãe não acaba nunca. Eu tenho sempre – *sempre* – de ensinar a eles como devem tratar as mulheres. Mesmo como homens adultos. É assim que eu posso contribuir. É assim que posso, realmente, colaborar."

"Essa é uma ótima questão, Nancy, e acredito que todos devamos pensar assim – refletir assim e nos fazer as perguntas mais difíceis. Obrigado novamente pela ligação."

∞

"Ouvinte, você está no ar, aqui é o Donald."

"Oi, Donald, o meu nome é Eric, ligo do Arizona. Nasci e fui criado aqui."

"Olá, Eric do Arizona! Qual é a sua pergunta para nós hoje?"

"Bom, primeiramente muito obrigado por trazer Jamar Sands para o programa hoje. Eu ri e chorei quando ele contou daquele brinde péssimo que o Sr. O'Sullivan fez no casamento dele com aquelas piadas bobas sobre bolo."

"É, eu também senti isso aqui, Eric."

"Pois é, cara. O choro, para mim, veio quando o Sands falou do filho dele. Que ele colocou o nome Pear no filho dele em homenagem ao Sr. O'Sullivan, que morreu de câncer. Eu queria dizer isso como sobrevivente do suicídio, como uma pessoa que tentou duas vezes e que ainda às vezes pensa em fazer isso, que às vezes se pergunta se não seria melhor, sabe? Do que continuar? Eu queria dizer que a perspectiva sobre a vida de Jamar Sands, a alegria dele apesar – apesar de tudo aquilo – me fez sentir menos sozinho. Eu espero que ele faça mesmo aquela cerimônia para plantar a árvore em homenagem ao amigo dele. Eu gostei muito da ideia."

"Eu também, Eric. Eu nunca encontrei Pear pessoalmente, mas conversei com ele uma vez por telefone, há muitos anos atrás. Eu o convidei para participar de uma manifestação com a gente, mas senti que ele não estava pronto para isso. Mesmo naquele curto telefonema, eu vi que ele era uma pessoa muito engraçada e bondosa. Acredite ele ou não, muita gente sentirá saudades dele. Muita gente."

"Olá, ouvinte, aqui é o Donald."

"Parceiro Donald!"

"Oi! Parceiro... Quem é meu parceiro aí?"

"Ronnie, cara! De Pittsburgh!"

"Nossa, Ronnie! Como não reconheci a sua voz?"

"Estou um pouco resfriado, cara. Parece que sou um barítono."

"Estou vendo. Por um instante, achei que fosse o avô do Barry White."

"Ha! Bom, eu até poderia ser. Tô mais velho que andar pra frente, cara."

"Põe velho nisso, então, Ronnie."

"Escuta, Don… Que programa, cara, que programa. Espero que aquele irmãozinho apareça de novo. Vocês devem estar recebendo milhões de ligações, cara, mas só quero dizer rapidinho que já faz quase uma década que trabalho no Centro de Apoio e nem sei dizer o quanto que esse tipo de trabalho é importante. Mesmo que você não compartilhe a sua história publicamente, como o meu amigo Jamar acabou de fazer, mesmo que você não fale publicamente, é tão importante se cuidar. Eu espero que muitos homens percebam isso com a história do Jamar. Espero que aqueles que sofreram abuso sexual, ou passaram por qualquer coisa que eles tenham querido esconder ou sobre a qual não consigam falar, busquem apoio. Eles podem acessar RAINN.org e obter muitas informações sobre como podem se cuidar."

"Se cuidar é o lema! Eu posso dizer que pratico isso o dia todo, todos os dias."

"Sim, cara. O mais importante, como eu sempre digo aos meus pacientes, é que há muita coisa desse mundo que não estará do seu lado quando você passa por algo assim, especialmente um estupro. A Lei não está ao seu lado. A percepção do público não está ao seu lado. Às vezes, até o seu corpo não está do seu lado. Mas eu estou do seu lado, cara. Eu estou do seu lado e há clínicas que estão do seu lado também para ajudá-lo. Para ajudá-lo a curar o que você pode curar e dizer um foda-se para todo o resto. Merda, desculpa, posso dizer isso no rádio? Merda, acabei de dizer merda também. Cara!"

"Droga, Ronnie, na última vez em que você ligou eu disse que não ia chorar da próxima vez que você ligasse, mas agora estou sentindo as lágrimas descendo..."

"Eu sempre consigo te pegar, cara, eu sei como fazer isso!"

"Verdade, amigo. Você tem ouvido..."

"... o seu programa há quase 10 anos, juro, Don, e estou esperando ansiosamente aquele livro que você prometeu que escreveria para a gente um dia. Você e seu romance, cara. Espero que volte a escrever maravilhosamente bem como antes, foi para isso que você nasceu, irmão."

"Obrigado, Ronnie. Você sabe o quanto isso significa para mim."

"Próximo ouvinte, você está no ar."

Ei. Oi. Meu nome é, hmm, Ezra. Ezra Fisher. Estou ligando porque... Estou ligando de Somerset. Da Penitenciária de Somerset. Eu sou presidiário aqui, então obrigado por atenderem à ligação. Eu estou aqui há dois anos por... Roubo e agressão e... algumas outras coisas. Estou ligando... Estou ligando, porque... obrigado, Sr. Ellis. Pelo seu programa. Por... tudo que o senhor faz. Eu ouço o programa aqui quando eu consigo. Alguns meses atrás eu li aquele seu texto no jornal Perspectiva, aquele em que o senhor sugere um feitiço para nós? Eu senti... Eu senti que era como se o senhor estivesse falando direto comigo, Sr. Ellis. Eu senti. E, assim, eu sei que nunca nos encontramos, mas... Acho que hoje eu queria dizer uma coisa. Estou pronto para dizer uma coisa. Que... que eu fui atacado. Por ela. Mas eu nunca disse pra ninguém. Eu nunca disse. E eu devia ter dito, sabe? Eu devia, porque eu vi como ela é, Sr. Ellis. Eu vi o rosto dela.

IX

A quem possa interessar.

Eu procurei ontem à noite na Internet um modelo de testamento para que eu pudesse escrever um. Achei alguns tipos, inclusive um filme pornô sobre um cara chamado Testa e outro chamado Mento e... vocês entenderam. Bom, meu nome é Pear O'Sullivan e eu estou morrendo de câncer. Mas você já sabe disso, porque é você que vai cuidar da bagunça que eu deixar depois da minha morte! Eu não tenho muita coisa, mas o que eu tenho significa algo para mim, então por que não? Talvez signifique algo para outra pessoa também. Aqui vai.

Para a minha ex-mulher, Patricia Lorenzo, eu deixo a minha coleção de discos 45, LPs, CDs, vinis. Ela me odiava, mas adorava a minha coleção de discos. O X do Los Angeles, R.E.M.s raros, a trilha sonora de Quadrophenia. Por alguma razão, ela adorava, sobretudo, os meus vinis de comédia. Richard Pryor, Dick Gregory, David Cross, Lenny Bruce, Joan Rivers e Hicks, claro. Dê todos para ela. Ela merece.

Para Bobby M. Johnson, da terapia de grupo, eu deixo o meu Camry verde-floresta, da Toyota, de 1995. É a coisa mais horrorosa já fabricada, mas muito confiável. Assim como você, Bobby.

Para a minha mãe, Pearl Olympia O'Sullivan, eu sinto muito por ter morrido antes de você. Isso nunca deveria acontecer a uma mãe, nunca. Eu sinto muito por nunca ter chegado muito longe na vida, nem ter lhe dado netos ou comprado uma casa. Por favor saiba que, apesar de tudo que aconteceu na minha vida, eu a amava muito e era feliz. No fim das contas, eu vou embora feliz. Jesus, isto aqui está mais para carta de suicídio, então, vamos lá... Para Pearl eu deixo as minhas coleções de bonequinhos, gibis e a minha moeda de 25 centavos dos anos 1970. Mãe, **NÃO GASTE A MOEDA**, ok? Por favor, diga isso à minha mãe! Essa moeda é muito valiosa porque parou de ser fabricada, dá para fazer dinheiro com ela. Aqueles idiotas do Tesouro Nacional eram tão pão-duros que decidiram usar moedas canadenses de 25 centavos de 1941 e imprimir em cima delas, então, se olhar de perto, vai ver que, do lado onde há uma água americana, dá para ver um "41" bem fraquinho no fundo.

Pode vender tudo, mamãe (exceto a moeda). Aí eu posso dizer que comprei uma casa para você.

Para a organização de serviço social Upper Valley Haven, eu doo toda a minha mobília, roupas e acessórios de cozinha, exceto uma coisa, mencionada abaixo.

Para a Pamela, do grupo, que faz os melhores waffles que eu já comi. Obrigado pela bondade ao longo dos anos e por fazer um bando de excluídos como nós nos sentirmos reis. Para Pamela, eu dou todos os meus vasos de plantas e flores. Inclusive as minhas magnólias azuis. Observação para Pam: se, por algum motivo, eu não for encontrado por alguns dias – o meu corpo – e as magnólias tiverem morrido, **NÃO** as jogue fora. É meu desejo ser cremado com elas.

Por falar nisso, eu quero ser cremado. Por favor, coloque os meus restos mortais em um copo de Coca-Cola e me deixe debaixo da arquibancada do Fenway Park durante o campeonato mundial de beisebol. Estou falando sério. Não me tire de lá depois do jogo. Deixe-me ser levado junto com as garrafas vazias de cerveja e os embrulhos de cachorro-quente. O lixo sempre me fez tão feliz. Ele me fazia me sentir em um lugar onde realmente havia pessoas.

Para a minha vizinha, Alison Beckett, eu deixo a minha casa, a única propriedade que eu tive. É pequena e não vale nada, eu sei, mas eu gostaria que fosse transformada em biblioteca/museu de fotografias, cartas e quaisquer memórias da nossa comunidade relacionadas a Maggie, o *Bordo* Magnífico. Esse é o maior pedido de desculpas que eu posso oferecer, Sra. Beckett. A senhora pode estar se perguntando por que estou me desculpando, mas vamos deixar assim, com esse presente.

Para Jamar Sands, meu amigo, que está esperando o seu primeiro filho, um filho que eu espero conhecer antes de ir embora dessa veia entupida que é a Terra, eu deixo os meus diários. Todos eles. É a minha esperança que você os considere uma boa leitura antes de dormir para o seu garotinho ou a sua garotinha, não sei qual nome você dará a eles. Eu já estou com saudade, cara, e eu nem estou morto ainda!

Saudade. Eu te amo, Botão.

Por último e por fim, para a mulher conhecida como Maude, se algum dia a encontrarem, por favor mandem o meu cabo de vassoura para ela na prisão com um bilhete dizendo "Estou esperando por você aqui no inferno, Maude. Estou guardando uma caminha para você aqui do meu lado, por toda a eternidade".

Desatenciosamente,

Pear Ronald O'Sullivan

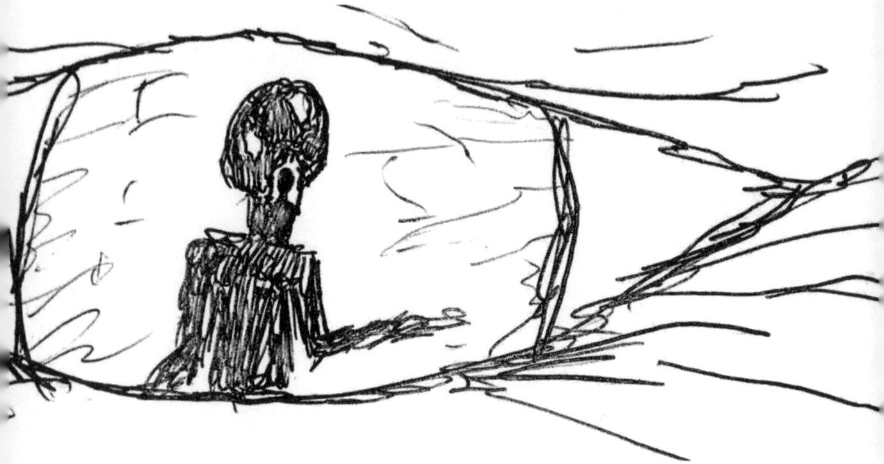

MU

UM

Não planejei vir parar aqui aos vinte anos. Nenhum de nós planejou. Eu sempre tenho de dizer isso em voz alta para as pessoas porque eu sinto que, quando me veem, a minha ficha corrida, essas tatuagens, elas pensam: "É, ele foi um delinquente". Eu nunca fui um delinquente. Nunca. Eu gostava de carrinhos. Carros em miniatura. Tinha uma coleção com todos, de Volkswagens a Ferraris. Eu fui criado em Warren, Pensilvânia, morava em um bom bairro. Classe média. Pais brancos com algum dinheiro, não muito, mas o suficiente. Menino feliz. Menino extrovertido e tudo mais. Cresceria e viraria vendedor de carros. Carros antigos. Abriria a minha loja. Conheceria os carros de cabo a rabo. Eu era esse menino. Tinha planos. Muitos amigos, sabe. O nome do meu melhor amigo era Arthur Milwaukee, como a cidade. Cara, faz tempo que eu não vejo o Arthur. O Arthur era um ruivo débil. Não quero dizer débil mental, só débil mesmo. Entendeu o que eu quis dizer. Um burro que foi punido porque trouxe uma almofada de pum para a aula, como se estivéssemos nos anos 1950. Arthur e eu íamos para casa todos os dias juntos. Ele me chamava de Rezzy em vez de Ezra. Era o meu apelido. Rezzy. Nós adorávamos jogar *Final Fantasy* e basquete. Não sabíamos nada de basquete, nem como jogar. Nós bebíamos copões de leite gelado e tirávamos a camiseta e corríamos em círculos como frangos moribundos, depois arremessávamos. Não nos importávamos de não saber as regras. Criávamos as nossas, na maioria das vezes. Arthur e eu dormíamos na casa um do outro aos sábados. Eu na dele, e ele na minha. Arthur e Ezra. Éramos nós. O garoto dos carros e o débil.

Em uma véspera de Ano-Novo, os pais de Arthur estavam dando uma festa. Eles receberam alguns amigos estranhos, que estavam usando roupas azul-turquesa ou tipo isso. Hippies da Costa Leste. Não foi uma festa grande, mas o suficiente para que ficássemos acordados depois da meia-noite sem alguém perceber. Eu fui ao banheiro fazer xixi, mas a porta estava trancada, então usei o banheiro do quarto dos pais do Arthur. Era proibido ir lá, mas eu estava com muita vontade. Estava no meio do xixi quando ouvi a porta abrir e fechar. Antes que eu pudesse me virar, havia alguém lá. Atrás de mim. Colocou as mãos em mim. No... Ela me pegou pelo meu... Ela segurou e tirou as minhas mãos dele, enquanto eu fazia xixi. Ela o segurou daquele jeito, por trás de mim. Ela perguntou o meu nome, mas eu não conseguia falar. Ela perguntou de novo. Eu disse Ezra. Ela disse que era um prazer me conhecer, que eu poderia chamá-la como eu quisesse. Eu não queria chamá-la de nada. Eu queria que ela me soltasse. Ela perguntou se eu gostava de meninas. Eu disse que achava que sim. Ela me perguntou se eu gostava de jogar jogos com as meninas. Eu disse que não sabia. Ela me perguntou se podia jogar comigo. Ela perguntou se eu gostava de ela estar me segurando daquele jeito. Ela perguntou se eu queria que ela puxasse com delicadeza.

Eu nunca disse isso para ninguém em voz alta.

Eu só vou... dizer-lhe que ela me fez fazer sexo com ela, ok. Ela disse que eu tinha que fazer isso, ou ela contaria para a minha mamãe e o meu papai. Ela me disse que eu nunca poderia contar para ninguém, porque ela voltaria para machucar a mim e a minha família. Ela me fez prometer.

Ela disse que eu poderia me virar e olhar para ela, mas que depois eu tinha que ir me deitar na cama sem dizer nada. Eu tinha de ficar quieto ou teria problemas. Ela disse que, se os pais do meu amigo descobrissem o que eu estava fazendo no quarto deles, eles ficariam muito bravos comigo.

Vire-se, ela disse. Eu estava chorando e tremendo. *Não chore*, ela disse. *Eu não vou machucar você. Eu só quero que a gente se divirta. Eu serei muito delicada. Eu não quero*, eu disse. *Vamos*, ela disse. *Vire-se e olhe para mim.* Eu me virei.

∞

Ela era uma mulher comum.
Ela tinha cabelo e olhos castanhos.
Ela não era bonita. Ela não era feia.
Ela não era velha, mas também não era jovem.
Ela era uma mulher comum.
Você sabe quem sou eu?, ela me perguntou.
Eu disse que não.
Ótimo, ela disse.

∞

Depois que ela fez o que ela fez, ela me mandou contar bem devagar até o número da idade que eu tivesse e não me mexer até terminar de contar, e ela saiu. Eu contei duas vezes porque tive muito medo de que não fosse tempo suficiente. Teria sido uma contagem até dez, apenas.

Eu tinha só dez anos.

∞

Ela não mentiu quando disse que não me machucaria. Ela não machucou. Ela foi delicada. Eu não disse nada. Acho que segurei a respiração o tempo todo. Fiquei apenas olhando para o teto. Não havia outro lugar para olhar. Eu me lembro de sentir como se… Como se, desde que eu não me mexesse, ficasse apenas olhando para o mesmo ponto no teto, eu nem estivesse ali, naquele quarto. Como se eu tivesse desaparecido. Eu vi onde a casa dos pais do Arthur tinha manchas de infiltração lá em cima. Grandes círculos marrons mapeados no teto. Eu tracei as linhas. Imaginei que eram coisas diferentes a cada vez. Um carro de corrida. Uma lesma morrendo.

Eu saí do quarto e fui lá para baixo. Ela não estava lá. Todos estavam bêbados e rindo. Arthur estava dormindo no sofá. Eu estava puto da vida. Ele devia ter vindo me procurar. Por que ele não foi me procurar?

Naquela noite, eu tive um pesadelo. Eu o tenho com frequência. Eu o tive tantas vezes que agora sei de cor.

Consigo vê-lo de frente para trás e de trás para frente. Faz parte da minha realidade, até aqui, na cadeia, aquele sonho é mais real do que a prisão.

No sonho, estamos de novo no banheiro. Eu me viro para ela. O rosto dela tem todos os rostos. São todos que eu já conheci ou vi ou imaginei, combinados em uma monstruosidade. O cabelo dela está por todo lugar. No cômodo inteiro, correndo pelos canos da pia e da banheira e até transbordando pela janela do outro cômodo. Cobrindo as casas vizinhas. E as montanhas ao longe. Está vivo. O cabelo dela. E ela é tão alta. Os ombros dela tocam o teto. A cabeça dela é pequena e antinatural e atravessa o teto, olhando lá de cima para mim. Os seus olhos movem-se rapidamente no rosto, como moscas capturadas dentro de um copo. O queixo é maior do que a largura do seu corpo e não tem pele. Como a boca de uma baleia. Ela não tem lábios, mas uma espécie de buraco no meio, de onde... de onde saem como que trepadeiras, que ficam penduradas. Mas não são plantas de verdade, são um tipo de carne. Fios de carne. Trepadeiras de carne; terminações nervosas espessas, musgosas. E, nas pontas dessas trepadeiras, há flores. Lindas flores cobertas de baba, baba que pinga da boca dela. Quando ela fala, as trepadeiras sacolejam como se ela fosse um terremoto chacoalhando um vaso de planta ou algo assim. Ela fala para eu ir para a cama. Eu caminho por uma teia de aranha gigante invisível, que se espalha sobre o meu rosto. *A aranha já está dentro de mim*, eu penso. *Já está dentro de mim*. E aí eu acordo.

∞

Eu voltei para casa e não contei nada aos meus pais no dia seguinte. Eu não conseguia mais ir ao banheiro sozinho, mas não disse por quê. Não conseguia ficar sozinho, nunca, seja por qual razão fosse. Não dormi mais na casa do Arthur. Quanto mais magoado ele ficava, mais bravo eu ficava. Eu sentia como se a culpa fosse dele. Parei de andar com ele de vez. Quando um dia ele me perguntou o motivo de eu estar tão bravo sempre, eu dei um soco nele. Foi boa a sensação de fazer isso, socar alguma coisa. O psicólogo da escola me perguntou por que eu fiz isso. Os meus pais me perguntaram por que eu fiz isso. Arthur me perguntou por que eu fiz isso. Mas eu nunca lhes disse. Prometi a ela que nunca contaria.

Troquei o Rezzy por um novo apelido, EZ, abreviação de Ezra. Fiz novos amigos. O meu melhor amigo era um garoto gordo e baixinho chamado Marley, que chamávamos de Baixinho Gordo. O Baixinho Gordo tinha um pai fumante, então roubávamos cigarros para fumar. Primeiramente, cigarros, depois passamos para coisa melhor, coisas que o primo mais velho dele arrumava para nós. Isso me ajudava a preencher o vazio. Isso me ajudava a esquecer aquilo por um tempo. Aos doze anos, eu já era uma pessoa diferente. Bom, eu era uma pessoa diferente no momento em que saí daquele quarto naquela noite, mas aos doze anos eu estava ainda mais diferente. Eu cabulava aula toda hora. Entrava em brigas, fui suspenso. Minha mãe ficou perdida.

Aos catorze, eu já era o pária da vizinhança. Eu me tornei *aquele* garoto, o "delinquentezinho" de quem os vizinhos têm medo. A laranja podre. O meu pai quase já não falava comigo e eu pensava: Ótimo, foda-se. *Vocês não estavam lá para me proteger. Não fizeram nada.* Baixinho Gordo e eu começamos a vender em vez de só usar. Primeiro maconha, depois outras coisas. Mais pesadas. Os pais do Baixinho Gordo perderam a paciência de vez e o mandaram para um internato. Eu lembro o rosto feioso dele, com aquela pinta perto do lábio, acenando um tchau para mim de dentro da picape da mãe dele quando estava partindo da escola para sempre. Eu nunca mais vi o Gordinho. Eu senti como se qualquer um de quem eu gostasse fosse embora ou não quisesse ficar. Jim Bean foi o único amigo que ficou. E o que quer que encontrasse no armário de bebidas de quem quer que fosse.

Eu estava me embebedando no quarto uma noite – acho que tinha dezesseis anos. Minha mãe fazia buscas no meu quarto, procurando bagulho, mas ela nunca pensou em olhar na minha antiga coleção de carrinhos. Os capôs podiam ser abertos, então eu colocava o bagulho lá dentro. E as bebidas eu disfarçava dentro do fichário da lição de casa. Bom, eu estava me embebedando uma noite, sozinho, e decidi dar uma escapada. Desci pela rua, olhando pelas janelas das outras casas. Pensei em entrar em uma. *Dane-se,* eu pensei, *vou só testar a maçaneta para ver.* Claro que estava destrancada. Todos deixavam as portas destrancadas no meu bairro. Eu entrei e dei uma olhada geral. Todos estavam dormindo. Foi uma sensação louca. Tipo, de poder. De que eu poderia fazer o que eu quisesse, se eu quisesse. Tudo que fiz foi pegar um vaso e sair correndo o mais rápido que pude.

∞

O sonho.
O longo cabelo no ralo.
Os olhos apertados de mosca.
O rosto inchado com dentes de peixe.
As mãos de madeira.
As unhas peludas.
A espinha protuberante que corria pelas costas dela e descia pelas pernas.
Os pés dela. Pés como pés grandes de homens.
Uma aranha nos meus pulmões, construindo uma teia.

∞

Eu comecei a roubar melhor. Primeiramente joias e eletrônicos, depois carros e caixas registradoras. Eu quase nunca era pego. Se houvesse alguém lá, eu os fazia jurar que não diriam a ninguém, senão voltaria para machucá-los. Fazia-os prometer. Os meus pais se divorciaram quando eu tinha cerca de dezessete anos. Eles nunca tiveram outro filho depois de mim. Eu era o filho único deles e uma vergonha de filho. Acho que eles não quiseram outro por causa de mim. Por que correr o risco de ter outra coisa como eu? Eles não conseguiam chegar a um consenso sobre o que fazer comigo ou sobre como me colocar na linha, então decidiram seguir caminhos separados. Separados significava que eles, finalmente, poderiam descansar um pouco de ter de me criar como casal. Essa é a porra da verdade que pais de delinquentes não querem que vocês saibam. A minha mãe podia ter uma semana livre enquanto eu estava com o meu pai, e vice-versa. Eu sei que era assim que eu me sentia. Aliviado. Eles não precisavam me dizer para eu entender que o fim do casamento deles significou vidas separadas mais felizes para os dois. Porque eles cometeram um erro não significava que eles precisavam passar o resto de suas vidas cuidando daquele erro *juntos*. Então a minha raiva aumentou. A minha tristeza. Os demônios que viviam em mim pararam de me alugar e me compraram de vez. Eu cedi.

∞

Não chore.
Eu não vou machucar você.
Eu só quero que a gente se divirta.
Eu serei muito delicada.

∞

Aos dezoito anos, eu tentei o meu primeiro assalto a banco. Foi em um pequeno banco local, mas consegui me safar. Ao menos por algumas horas. Porque eu não tinha antecedentes e não estava portando uma arma durante o assalto, eles me mandaram por dois anos para uma prisão estadual, seguida de liberdade condicional. A minha mãe veio para a audiência. Ela parecia oca. Ela parecia derrotada. O meu pai não apareceu. Eu acho que foi ele que eu decepcionei mais, sabe? Ele é quem ficou mais triste.

Eu gostei da prisão assim que entrei. Sentia-me seguro lá, e eu estava com pessoas que me entendiam. Todos nós tínhamos raiva. Todos nós tínhamos feito uma ou outra promessa, para alguém ou para algo, em algum momento. Uma promessa que nos tinha conduzido até ali. Conduzido até esse ponto irrevogável. Foi na prisão que fiz a primeira tatuagem no meu braço. Tatuei o meu modelo favorito de carro de quando eu era criança, o Ford roxo de 1956 que Curtis Turner usou na corrida da NASCAR. Estão vendo, eu sei *muito* sobre carros. Especialmente sobre os de corrida. Mas, mais do que sobre os carros em si, eu sei muito sobre os homens que corriam com eles. Eu adorava os carrinhos do Curtis Turner porque eu adorava o Curtis Turner. Ele foi o único corredor que ganhou o campeonato nacional duas vezes seguidas. O primeiro a se classificar na NASCAR a uma velocidade de 290 km/h. O cara teve a oportunidade de trabalhar com o rei de todos os mecânicos, Smokey Yunick. O cara sonhou, depois construiu o circuito Charlotte Motor Speedway. Ele era... tudo. Mais do que isso, porém, ele era o garoto que deu a volta por cima. Turner passou um bom tempo tentando conseguir dinheiro e direitos para os corredores e formou um novo sindicato para protegê-los. O diretor da NASCAR àquela época era um canalha ganancioso e baniu Turner e os outros corredores da NASCAR por formação de sindicato. Meu cara faliu. Virou alcóolatra. Caiu na obscuridade. Mas, meia década depois, a interdição foi anulada e ele pôde voltar a correr. E que retorno... até o avião em que ele estava viajando cair em 1970. Ele estava na casa dos quarenta anos, eu acho. Caiu aqui, na Pensilvânia, cerca de uma hora e meia de onde eu estou agora, nesta cela.

Ao longo dos dois anos na prisão eu tatuei vários carros em mim. DeLorean DMC de 1982. Volvo P1800 de 1962. Uma Ferrari dos anos 1970. Um Trans Am Firebird da Pontiac. Eu ia colorir todas as tatuagens para deixá-las bem bonitas quando eu saísse. Depois que eu encontrasse emprego e bom lugar para morar. Era isso que eu faria por mim. Mas eu nunca cheguei a isso. Eu saí da cadeia no meu aniversário de vinte anos. Eu precisava de algo para vender, assim teria dinheiro para me restabelecer. É difícil conseguir emprego quando se tem antecedentes, sabe? Então eu arrombei uma casa. Eu só queria pegar umas joias ou algo assim, não queria problemas maiores. Eu não sabia que havia gente em casa. Comecei a revirar as gavetas, e uma mulher apareceu por trás de mim e me atacou. Começou a bater em mim e tudo mais. Mas, cara, ela era miúda e eu não era – tinha puxado um ferro na prisão. A raiva me tomou, sabe? Aqueles demônios. Aquela promessa. Eu a joguei do outro lado do cômodo.

Ela bateu na parede e caiu no chão. Eu olhei para ela, deitada lá de camisola.

∞

Ela era uma mulher comum.
Ela tinha cabelos e olhos castanhos.
Ela não era bonita. Ela não era feia.
Ela não era velha, mas também não era jovem.
Ela era uma mulher comum.
Você sabe quem sou eu, eu perguntei a ela.
Não, ela gritou.
Ótimo, eu disse.

∞

Eu não tenho orgulho do que eu fiz. Do que eu fiz com ela. Joguei-a na cama e fiz aquelas coisas com ela. Eu não queria que ela morresse. Eu juro. Eu só perdi a cabeça. Não sei o que me tomou. Eu estava em cima dela, e o rosto dela... Eu não conseguia esquecer a promessa. Eu não conseguia parar de ver o pesadelo. Eu sentia como se ela estivesse rindo de mim, mesmo que ela estivesse chorando para mim. Eu coloquei as mãos no pescoço dela. Eu me lembrei do banheiro. Aquelas mãos em mim. E eu me perdi de vez. Apertei o mais forte que consegui, até que toda a tristeza se esvaiu. Até que todo o sofrimento tivesse se esgotado. E, quando eu cheguei ao fim, ela também chegou.

∞

Eu me declarei culpado de homicídio qualificado. Culpado de agressão. Culpado de assalto, invasão, fracasso, de ser um mau filho, um inútil, um monstro, um criminoso. Eu me declarei culpado de ter mantido aquela promessa. Peguei prisão perpétua sem possibilidade de condicional.

∞

No mês passado, eu pedi para o meu companheiro de cela, Ronnie, fazer mais uma tatuagem no meu pescoço. Nesses últimos dois anos em que estou aqui, tenho pensado bastante sobre o que fiz sobre o que fizeram comigo. Eu ainda sou jovem, sabe? Ainda tenho muita vida pela frente. Eu quero mudar as coisas, mas eu não sei por onde começar. Não saberia por onde começar. Então pedi para o Ronnie gravar alguns nomes na minha garganta. Coloquei o nome da minha mãe, Lois. Coloquei o nome do meu pai, Jacob. Coloquei o nome do Arthur. Coloquei Rezzy, em nome da criança que eu fui e tudo mais. Acho que eu estava pensando que, assim, eles conseguiriam me ouvir. Poderiam me ouvir falando. Então, à noite, eu falo com eles. Quando estava deitado na cama, sei lá. Conversava com eles. Digo coisas para eles. Sobretudo que eu sinto muito. Que eu não queria que tivesse sido assim. Que eu queria uma vida diferente e que eu sentia muito que os tivesse magoado no caminho.

Eu conversava bastante com o meu pai. Podia senti-lo aqui, na minha garganta, perto da minha voz. Uma noite, eu estava deitado no beliche e comecei a falar com ele, e falei em voz alta. Eu contei a ele. Eu quebrei a promessa. Disse o que fizeram comigo todos aqueles anos atrás. Minha voz, cara. Eu nunca ouvi a minha história em voz alta. A minha voz... se fechou ao redor da história. Tipo, como se a protegesse. Queimou. As palavras estavam queimando.

Eu contei a ele que ele devia ter sabido. Que devia ter perguntando. Disse que ele devia ter tentado mais. Quando eu tinha dez anos e me metia em brigas com os outros garotos, mas sempre dizendo que não havia nada de errado, ele devia ter perguntado mais. Devia ter continuado tentando. Ele devia ter me feito quebrar aquela promessa, sabe? Ele devia ter feito tudo que estivesse ao seu alcance. *Por que você não fez tudo que podia?*, eu perguntei, deitado lá no meu beliche no escuro.

Uma semana depois, o correio veio, e eu recebi um pacote. Eu nunca recebo nada na prisão, então foi uma boa surpresa. Às vezes a minha mãe me escreve e me conta como ela está e diz que se preocupa comigo e me pergunta se eu estou comendo e essas coisas. Mas esse pacote não era da minha mãe. Era de alguém chamado Fisher, de algum lugar em Delaware. Eu o abri e encontrei um kit de montagem de um AMT Buick Wildcat de 1969, em amarelo. Não havia bilhete junto. Só o kit do carrinho. Mas eu sabia que não era da minha mãe porque, quando eles se divorciaram, ela voltou a usar o nome de solteira dela, Miller. Então tinha de ser do papai, Jacob. Jacob Fisher. E era. Era dele. Ele me mandou um presente na prisão, depois de não fazer contato por quase três anos.

Eu pensei, sabe... Talvez ele tivesse me escutado. Talvez o meu pai tivesse me ouvido aqui, falando com ele. Então eu passei a semana seguinte montando o carrinho. Era uma beleza, cara. Uma belezinha. Vocês deviam ter visto como era lindo. Eu o enviei de volta para ele com uma carta. Na carta, eu contei a ele o que tinha acontecido quando eu tinha dez anos. Foi a coisa mais difícil que eu já escrevi. Ele não escreveu de volta. Em vez disso, ele apareceu aqui. Ele veio direto para cá. Ele chorou. Colocou a mão no vidro que nos separava. Ele disse que sentia muito. Disse que eu devia ter contado a alguém.

Então eu estou aqui. Contando a vocês.

dois

DOIS

"Ouvinte, você está no ar."

"Oi, Donald. O meu nome é Sebastian White. Não ouço rádio. Mas estou ligando pela primeira vez, esse é o lado bom! Eu ouvi falar do seu programa no rádio, claro, só que nunca o escutei porque, bem, eu não suporto a lista de afazeres da pauta liberal, mas eu admiro, *sim,* o trabalho que você tem feito pelos sobreviventes como eu. Bom... Eu não sei bem por que eu liguei. Você sabe quem eu sou, claro. Não precisamos relembrar isso. Acabaram de me marcar nas redes sociais para avisar sobre o jovem que acabou de ligar para o seu programa. Eu consegui pegar a maior parte da história. E eu acho que quero me dirigir a ele, diretamente, se você não se importar. Se ele ainda estiver aí. Ezra, eu quero lhe dizer uma coisa. Quero dizer o quanto você é corajoso. Não é fácil ser corajoso. Este mundo desestimula a autenticidade desde a infância. Não é fácil fazer o que você acabou de fazer. Não é fácil apenas... falar. Sabe, eu contei para muita gente imediatamente após acontecer comigo. Eu contei para o mundo. Eu queria que o universo soubesse. Eu escrevi livros a respeito, apareci na TV, dei incontáveis entrevistas, usei a minha raiva como uma forma de produzir atos. Eu me dizia... Eu me dizia que ela não seria nada se eu mostrasse por meio desses atos que ela não me afetava. Que eu ainda era a rainha orgulhosa que eu sou. *Levante-se agora mesmo, Sebastian. Levante-se e mande um beijinho para os seus piores inimigos*. E foi assim que eu sempre sobrevivi, sabe? Eu aprendi a transformar a minha dor em uma refeição, a tirar proveito do meu sofrimento. Não acho que tenha falado isso antes em voz alta.

Eu quero lhe dizer, sabe, eu gostaria... eu respeito o seu silêncio. Que você tenha levado o tempo que precisou e... e eu respeito isso. Eu invejo isso, na verdade. Quero dizer que fiz o que fiz e lidei com o que aconteceu da forma que eu lidei, mas, no fim das contas, cá estou. Cá estou ainda. Sabe? Não me ajudou, para ser franco. Escrever e conversar sobre ela de maneira tão aberta. Não me ajudou a superar tudo. Mas você é corajoso, Ezra. E ouvi-lo hoje me fez pensar um pouco nas coisas. Que declaração vaga, eu sei! *Sebastian White Pensa Nas Coisas*! Que nome horroroso para um blog. De qualquer modo... Quem entre nós não está sozinho, Sr. Ellis? Quem de nós se esqueceu dela? Nenhum de nós. Nenhum de nós.

Então, obrigado. É isso. Obrigado."

TRÊS

TRÊS

A PERSPECTIVA

Coluna de opinião
14 de agosto de 2026

UMA INVOCAÇÃO
Por Donald Ellis

Esta é uma página de opinião, mas não estou aqui para dar uma opinião. Esta é uma oferta. Uma permissão. Uma libertação tardia. Um convite ao início do quem vocês são até o fim do que vocês eram. O meu nome é Donald Ellis e eu sou um sobrevivente de estupro. Eu não sobrevivi. Eu me destruí antes de enfrentar. Precisei terminar antes de começar de novo. Meu nome é Donald Ellis e eu não sou uma vítima de estupro. Eu sou o legado de uma agressão. Uma embaixada de expirações. Sou o resquício da memória. Escombros restantes. Sou um epílogo conquistado.

Há dez anos, eu estava bebendo uma cerveja com um amigo depois do trabalho e, algumas horas depois, fui violentamente agredido e deixado para morrer ao lado de latas de lixo. Não, pior – fui deixado para viver. A minha agressora queria que eu *vivesse* após aquela experiência. Foi um gesto de tortura, um presente dos mais terríveis. Eu me tornei suicida. Disse a mim mesmo que não era merecedor de amor. Dos meus filhos. Da minha mulher. Eu era uma ilha de vergonha. Uma avalanche iminente. Eu era sangue fora do seu corpo.

Muitas vezes eu me perguntei o que poderia ter feito para me proteger naquela noite. Eu me pergunto se mereci isso. Eu me convenci de que sim, e não foi difícil fazer isso. Eu moro em um país construído na celebração do luto de seus cidadãos, que amplia as suas histórias de violência e horror em nome de ganho político, curtidas na internet ou audiência na TV. Deixe-me ser bem claro: Eles. Não. Se. Importam. Conosco. Pessoas que sobreviveram a abusos sexuais são um acidente no acostamento da rodovia, e a mídia americana não passa de carros que diminuem a velocidade só para dar uma espiada no que aconteceu. Apenas o tempo suficiente para tirar uma foto e acelerar de novo até a próxima fatalidade. Somos um país que capitaliza e fetichiza a perversidade. Um país que declara "inocente até que se prove culpado", mas no qual provar um abuso é quase impossível. Diga-me: como se prova coerção? Como se prova a diferença entre uma cantada e uma caçada? Como se prova que os seus braços foram imobilizados? Que o seu corpo foi tocado? Que a sua vida estaria sob ameaça caso você contasse a alguém? Para as pessoas que sofreram violência sexual, a prova – o próprio ato de provar – é mais do que um fardo. É uma luta inglória. Uma eternidade inútil.

Eu não sou da bruxaria, mas acredito no poder de feitiços. No potencial que muitas vozes, falando ao mesmo tempo, têm de ser finalmente ouvidas. Para forçar uma mudança naqueles que não querem lutar para nos ajudar. Então, se alguma vez largaram você para viver, como me largaram muitos anos atrás, junte-se a mim. Repita comigo em voz alta:

> Eu estou em um corpo. Não é nele
> Que eu vim, mas é nele
> Que vou partir.
> Vou cuidar dele. Pertence a mim agora.
> Minha dor, cuidarei dela. Pertence a mim agora.
> Meu coração, cuidarei dele. Pertence a mim agora.
> Minha história, cuidarei dela. Pertence a mim agora.

> Eu vivenciei a morte
> mas eu não sou de largar.
> Estas mãos continuam feiticeiras.
> Esta mente contém muitas luas
> puxando gravidades.
> Cada memória é um oceano,
> cada lembrança é uma maré.

> Eu tenho o direito de recuar.
> Eu tenho o direito de me avolumar.

> Embora eu esteja separado do sol.
> Eu sou um brilho,
> vindo de dentro.

Com esta voz,
Eu afasto as sombras.
Minha maldição forçada.
A promessa do meu algoz.

Eu afasto o crime de mim; vítima de mim.
Silêncio, parta.
Tristeza, vá.
Rendição, vergonha.
Crueldade, cale-se.

Só luz agora. Lucidez agora.
Fulgor agora. Esplendor agora.
Nitidez agora. Claridade agora.
Faísca agora. Centelha agora.
Cresça agora.

Eu fico ao seu lado como você fica do meu.
Um remendo à nossa frente e entre nós.
Este é o meu corpo. Pertence a mim agora.
Minha dor, cuidarei dela. Pertence a mim agora.
Meu coração, cuidarei dele. Pertence a mim agora.
Minha história, cuidarei dela. Pertence a mim agora.

Fim, passe.

Início, venha.

X

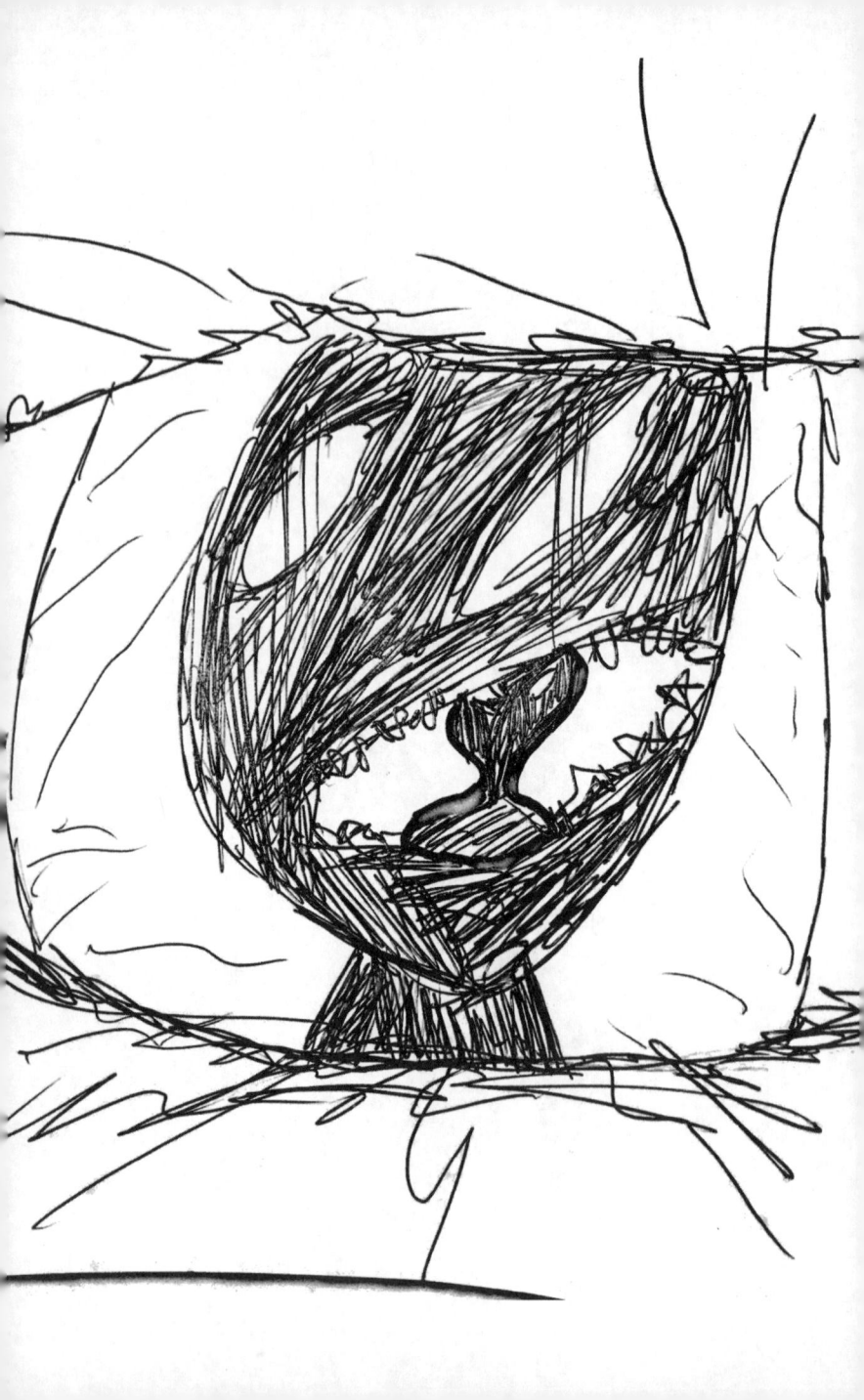

MU

UM

EDWARD DISPATCH: Olá, Maude, o meu nome é Derby Altman e eu sou repórter do jornal *Dispatch*. Um antigo jornalista do *Dispatch*, Joshua Greenfield, tentou obter uma declaração sua quase dez anos atrás e, embora ele não trabalhe mais aqui, eu gostaria de tentar contatá-la novamente agora que tanto tempo se passou, para ver se você gostaria de nos dar uma declaração ou comentar as recentes alegações de Ezra Fisher, que acaba de fornecer uma descrição física sua, o que, claro, levou à reabertura do caso.

Existe alguma coisa que você gostaria de compartilhar com o público, Maude?

<Maude está on-line.>

Sim. Olhe bem.

EDWARD DISPATCH: Ah... Você está aqui. Você respondeu oi. Olá. Olhar bem para quê?

Use a sua imaginação.

EDWARD DISPATCH: Para o que estou olhando? O que devo ver aqui, Maude? Desculpe, mas você pode...

O que ela não é?

Que espaço ela ocupa?

O que você acha sobre ela?

A quem ela pertence?

O que ela merece?

O que ela ganhou?

EDWARD DISPATCH: Desculpe, eu não... Eu não entendi o que você quis dizer? Posso lhe fazer algumas perguntas?

Cala a merda da sua boca, eu estou falando.

EDWARD DISPATCH: Ok. Ok. Estou ouvindo.

Eu vou contar a você alguns segredos. Você gosta de segredos, não gosta, Edward?

EDWARD DISPATCH: ... Sim. Eu busco informações relativas a segredos...

Acho que mandei você calar essa merda da sua boca, queridinho.

EDWARD DISPATCH: Sim. Vou ficar quieto agora.

Bom menino. Eu tenho algumas perguntas para você, Edward.

EDWARD DISPATCH: ... Eu devo respondê-las?

Não. Você deve pensar sobre elas.

De que cor é ela?
Ela é um espelho?
Você está nela
olhando para outra?

O que poderia ser melhor nela?
Por que os braços dela têm aquele formato?
Os braços dela lembram você da sua mãe?
Os braços da sua mãe lembram você de uma filha?
O que você quer fazer com ela?
Se você pudesse fazer qualquer coisa que quisesse, o que você faria?
Brincaria com ela? A penalizaria?
Bateria nela? A estupraria?
A golpearia? Choraria nela? Gozaria nela?
Levaria embora o corpo dela? Cortaria o cabelo dela? A entregaria para o seu pai?
A entregaria ao governo? Fecharia as suas pernas? Fecharia o seu pulmão? A queimaria em praça pública? Tiraria os filhos dela? Tiraria o aborto dela? Causaria um aborto nela? Daria vida a ela? Cortaria fora o clitóris dela? Cortaria partes do rosto dela que não combinam? Pediria para ela cortar partes do rosto dela de que você não gosta? Cortaria os carboidratos dela? Injetaria algo nela? A faria ouvir algo? Explicaria algo a ela?

Mostraria a ela como se faz algo? A doutrinaria? A ensinaria? Treparia com ela? A tornaria branca em vez de marrom? A tornaria preta em vez de amarela? A tornaria amarela em vez de vermelha? A faria se comer? Não a deixaria falar de sangue na sua frente? O choro constrange você? Conversar constrange você? Olhar nos olhos constrange você? Você moraria com ela? Dividiria uma casa com ela? Daria a ela o seu sobrenome? A trataria com respeito? A trairia? A trairia com alguém mais jovem? A filha de alguém? Isso incomodaria você? Mentiria para ela? A xingaria? A chamaria de *boa menina*? A chamaria de *monstro*? Ela é desonesta? Mentirosa? Ela é violenta? Você está surpreso? Você pode confiar nela? E se não puder confiar nela? Como você se sentirá se não puder confiar nela? Como você se comportará se não puder confiar nela? O que você fará se não puder confiar nela? O que se pode dizer sobre você, se ela não for confiável? Ela é abismal? Ela está abismada?

Ela pode tudo? Você tem tudo? Ela não é boa o suficiente? Ela é covarde? Ela é bonita? Você conseguiria ficar com ela? E se você não conseguir ficar com ela? Como você se sentirá se não conseguir ficar com ela? Como você se comportará se não conseguir ficar com ela? O que você fará se não conseguir ficar com ela? O que se pode dizer sobre você, se ela estiver fora de alcance? Você a fará pagar? Haverá consequências? Haverá um castigo? Você largará o assunto? E se ela for feia, mas você estiver precisando trepar? E se ela feder, mas você estiver precisando trepar? E se ela for gay, mas você estiver precisando trepar? E se ela mudar de ideia, mas você estiver precisando trepar? E se ela for uma criança, mas você estiver precisando trepar? E se ela for a sua filha, mas você estiver precisando trepar? E se ela estiver sofrendo, mas você estiver precisando trepar? E se você for casado, mas você estiver precisando trepar? E se ele deixa pessoas morrerem? E se ele gostar de guerra? E se ela for ingrata e rude depois? E se ela tiver pedido para passar por isso? E se ela se candidatar à presidência?

Como você se sentiria se ela fizesse as mesmas coisas com você?

E se ela quisesse brincar com você? Penalizar você? Bater em você? Estuprar você? Golpear você? Chorar em você? Gozar em você? Roubar o seu corpo de você? Cortar o seu cabelo? Entregar você ao pai dela? Entregar você ao governo? Fechar as suas pernas? Fechar os seus pulmões? Queimar você em praça pública? Tirar os filhos dele? Levar embora o seu sêmen? Dar vida a você? Ela cortaria fora o seu pênis? Cortaria as partes do seu rosto que não combinam? Pediria para você cortar as partes do seu rosto de que ela não gosta? Cortaria os seus carboidratos? Injetaria algo em você? Faria você ouvir algo? Explicaria algo a você? Mostraria a você como se faz algo? Doutrinaria você? Ensinaria você? Treparia com você? Tornaria você branco em vez de marrom? Tornaria você preto em vez de amarelo? Tornaria você amarelo em vez de vermelho? Faria você comê-la? Nunca deixaria você falar de sangue na frente dela? O choro constrange você? Conversar constrange você? Olhar nos olhos constrange você? Ela moraria com você? Dividiria uma casa com você? Daria a você o seu sobrenome? Trataria você com respeito? Trairia você? Trairia você com alguém mais jovem? O filho de alguém? Isso não a incomodaria? Mentiria para você? Xingaria você? Chamaria você de *bom menino*? Chamaria você de *monstro*? Você é desonesto? Mentiroso? Você é violento? Você está surpreso? Ela pode confiar nele? E se ela não puder confiar nele? Como ela se sentirá se não puder confiar nele? Como se comportará se não puder confiar nele? O que ela fará se não puder confiar nele? O que se pode dizer sobre ela, se ela não puder confiar nele? Você é abismal? Você está abismado? Você pode tudo? Você tem tudo? Você não é bom o suficiente? Você é covarde? Ele é bonito? Ela conseguiria ficar com ele? E se ela não conseguir ficar com ele? Como ela se sentirá se não conseguir ficar com ele? Como ela se comportará se não conseguir ficar com ele? O que ela fará se não conseguir ficar com ele? O que se pode dizer sobre ela, se ele estiver fora de alcance? O que se pode dizer sobre você, se ele estiver fora de alcance? Você o fará pagar? Haverá consequências? Haverá um castigo? Você largará o assunto? E se ele for feio, mas você estiver precisando trepar? E se ele feder, mas você estiver precisando trepar? E se ele for gay, mas você estiver precisando trepar? E se ele mudar de ideia, mas você estiver precisando trepar? E se ele for uma criança, mas você estiver precisando trepar? E se ele for o seu filho, mas você estiver precisando trepar? E se ele estiver sofrendo, mas você estiver precisando trepar? E se ele for casado, mas você estiver precisando trepar? E se ele deixa pessoas morrerem? E se ele gostar de guerra? E se ele for ingrato e rude depois? E se ele tiver pedido para passar por isso? E se ele se candidatar à presidência?

<Maude saiu da conversa.>
<Maude está off-line.>

XI

O céu lá em cima está desfigurado com cores quando eu alcanço o topo das escadas do metrô, onde um mendigo me pede um trocado, o cachorro dele preso a um poste com um lenço. Pobre cão. Eu tenho dinheiro, mas prefiro não dar. Eu não me importo com o sofrimento dele. Eu prefiro assim. É bom voltar depois de tanto tempo viajando fora. Talvez eu caminhe um pouco para curtir as ruas cheias de gente perto da Times Square e os outdoors forrados com retratos detestáveis de mulheres da TV. Não tenho pressa. Não tenho de estar em nenhum lugar em particular. O outono está se instalando e todo mundo mudou de cardigãs para casacos. É a minha época favorita do ano. Quando tudo começa a morrer sem escolha. Quando a grande mãe começa a anunciar a sua grandiosa sentença de morte. Mas eu sou a maior mãe de todas. E, embora não seja uma assassina, eu gosto de um bom fim para a mente de um homem, especialmente quando fui eu que o escrevi. Não é vingança. Nada foi feito contra mim. É só algo que eu gosto de fazer de tempos em tempos.

Vou subir a Broadway, em direção ao Central Park. Ouvi que os bancos estão cheios de pessoas sentadas curiosas. Ouvi que árvores não mais projetam sombras por ali, porque o sol se põe primeiro atrás dos prédios que as cercam. Acho que isso estava em um poema que li uma vez. Quando chegar lá, vou perguntar a alguém se é verdade. A um homem qualquer.

Sobre a autora

Amber Tamblyn, autora da coletânea de poemas Dark Sparkler, já foi indicada ao Emmy, ao Globo de Ouro e ao Independent Spirit. Já publicou dois outros livros de poesia, *Free Stallion* (2005), ganhador do Borders Book Choice Award na categoria de Escrita Revelação, *e Bang Ditto* (2009), um best-seller da Indie-Next. Colaboradora da Poetry Foundation, Tamblyn também já escreveu para *Interview*, *Cosmopolitan*, *San Francisco Chronicle*, *Poets & Writers*, *PANK*, entre outros. Ela mora no Brooklyn com o marido, o comediante David Cross, e a filha de um ano.

©2018, Pri Primavera Editorial Ltda.

Equipe editorial: Larissa Caldin e Lourdes Magalhães
Tradução: Cynthia Costa
Preparação de texto: Larissa Caldin
Revisão: Rebeca Lacerda
Capa, Projeto Gráfico e Diagramação: Project Nine Editorial

Dados Internacionais de Catalogação na Publicação (CIP)
(Câmara Brasileira do Livro, SP, Brasil)

Tamblyn, Amber
  Um cara qualquer / Amber Tamblyn. -- São Paulo :
Primavera Editorial, 2018.
  328 p.

  ISBN: 978-85-5578-075-2

  1. Literatura norte-americana 2. Poesia brasileira 3.
Estupro - Ficção 4. Violência - Ficção I. Título

18-2038   CDD 813.6

Índices para catálogo sistemático:
1. Literatura norte-americana

PRIMAVERA
EDITORIAL

Av. Queiroz Filho, 1560 - Torre Gaivota Sl. 109
05319-000 – São Paulo – SP
Telefone: (55 11) 3034-3925
www.primaveraeditorial.com
contato@primaveraeditorial.com